琴剑诗系·全国公安实力派诗人丛书

杨锦
散文诗选

全国公安文联／选编

群众出版社
·北京·

图书在版编目（CIP）数据

杨锦散文诗选 / 全国公安文联编．—北京：群众出版社，2016.3

（琴剑诗系 · 全国公安实力派诗人丛书）

ISBN 978-7-5014-5512-6

Ⅰ.①杨…　Ⅱ.①全…　Ⅲ.①散文诗—中国—当代　Ⅳ.①I227

中国版本图书馆 CIP 数据核字（2016）第 062602 号

杨锦散文诗选

全国公安文联　选编

出版发行：群众出版社

地　　址：北京市丰台区方庄芳星园三区 15 号楼

邮政编码：100078

经　　销：新华书店

印　　刷：北京兴华昌盛印刷有限公司

版　　次：2016 年 3 月第 1 版

印　　次：2016 年11月第 2 次

印　　张：7.375

开　　本：880 毫米×1230 毫米　1/32

字　　数：180 千字

书　　号：ISBN 978-7-5014-5512-6

定　　价：29.00 元

网　　址：www.qzcbs.com

电子邮箱：qzcbs@sohu.com

营销中心电话：010-83903254

读者服务部电话（门市）：010-83903257

警官读者俱乐部电话（网购、邮购）：010-83903253

文艺分社电话：010-83903973

目 录

第三辑 寻梦

第四辑　守望

总序

情怀：写诗是对人类灵魂的建设

李 犁

当编好的十本《琴剑诗系·全国公安实力派诗人丛书》（第二辑）出现在我面前的时候，我非常震惊。首先震惊的是，公安部和全国公安文联领导的眼光和气魄。一个专门同黑暗与罪恶作斗争的系统，能对文学艺术，特别是看似寂寞实则代表着人类精神高地的诗歌这么重视，确实出乎我的意料。我们总说精神文明建设，还有比这样大规模地集中推出本系统优秀诗人作品的壮举更化虚为实的吗？这是一份壮丽的事业，不仅繁荣了公安文学，而且为中国文坛作出了不可磨灭的贡献。这份努力令所有从事文学事业的工作者心存敬意并永远铭记。另一个震惊应该说是惊喜。这十本诗集的质量非常高，诗歌中奔涌着的血脉和气象，还有真诚和境界，以及对诗歌艺术的锐意探索精神都对当下的诗歌有所建树，也是对当今诗坛一些写作上的偏差的校正和警醒。下面，我就把十位诗人的作品拉进当下诗歌写作的现场，从当下诗歌写作的现状来赏析他们的作品。

当今诗坛是近三十年来最平静也最繁荣的时期，各种流派并存、融合、创新。但是在文本进步的同时，另一种状况令人忧虑，那就是过分的个人化和反崇高，让诗歌格局变小，同时伴有“软冷乱”。我曾经说过，这是一个缺火的诗坛，没有了熊熊大火，诗歌也就没有了血脉偾张和荡气回肠。火即情怀，包括情怀派生出来的理想、道义、激情以及侠肝义胆。令人欣慰的是，我们这十位诗人的作品中没有丝毫的无病呻吟，更没有晦暗和琐屑。他们的诗中是有光的，有向上的追求和力量，应了张策秘书长所说的“诗是诗人的心脏”，这些诗人都有一颗悲悯之心。显然，这些诗人具有了高度和情怀。下面我把这种情怀分成四个方面：

理想情怀。这要求诗人对美和崇高永怀敬仰之心。我们的诗坛太过于迷恋琐屑的、碎片的甚至是审丑的东西了，诗人给世界贡献的应该是美好，而不是脏乱差。诗人仅有好心是不够的，还要做一盏在黑夜里引导人前行的明灯。“心凛凛以怀霜，志眇眇而凌云。”早在晋代，陆机就对作家提出了心灵要纯洁、志向要高远的要求。诗人只有心中有高山大海，写出的作品才能寥廓而坦荡。这是解决诗歌格局小的根本途径。这十位诗人都有这样的审美追求，而且是自动的倾斜，这就是诗人人格的体现。具体如任桂秋对“巍峨”始终如一的全神贯注，杨锦的凌空俯瞰，郑天枝的纯净至上，袁瑰秋的把时代揽于心中，还有田湘的以美为神等，都让人情不自禁地向上仰望，并向美、向诗颌首。天地和心灵被他们的诗歌拓宽并扫净。

值得一提的是沈秋伟的《大河意象》，我用浩荡来阐释这首诗歌的品格，诗境真的如铺天而来的黄河之水，澎湃开阔而有力量：“大河，我伟大的父亲/你脸上虽布满了哀伤/却仍执拗着、倔强着匍匐前行”。大河如父，更是我们嘴角有血却一直咬着牙前行的中国！但这首诗的价值不在于它的隐喻，而在于它唤醒了我们遗忘的诗风，那就是豪放和雄健。诗坛把小情小景写得太精美绝伦了，真该多一点儿这样“荒荒油云，寥寥长风”的作品。他的英雄情结和情怀，他的一泻千里的雄浑和磅礴，都荡涤着我们的灵魂并让我们永远铭记。

另一位诗人田湘则是从细微处入手，把日常的事物引入诗、引入美，使之成为一种仰望和理想。一缕沉香，一轮瘦月，还有雾霾中乍现的阳光，都是他眼中的诗神。他的诗歌提着我们的灵魂向上走，向神和境界接近，也启示我们，只要心有善念和爱，混乱的生活里也能找到美和秩序，并得到神的普照。田湘的诗歌是有电的，这是说他的激情如闪电和雷霆，让他在习以为常的生活中敏锐地发现诗，并迸溅出电花。从沉香诗人到射电似的写作，田湘总是在一瞬间把漫不经心的读者击中，并让他们为之沉醉，这就是诗歌的魅力，更是情怀的魅力。

悲悯情怀。这是诗歌的肝胆，简言之就是正义感和同情心。从理论上叫人道主义，在生活里叫侠肝义胆。悲悯情怀就是让我们对世界投以全部的关怀，让诗歌具有雪中送炭的温暖和爱。这首先需要诗人撇开自己而去关心别人的命运，包括对寒风中受苦受难的卑微者的同情，对不公平和非正义的谴责和批判。而我们的诗坛最缺的就是温暖和义举。所以我特别珍惜我们这几位公安诗人作品中炉火般的暖意，以及对假丑恶烈火一样的批判精神。

杨锦对《一只鸟在汽车挡风玻璃上死去》，内心隐痛，并在“胸前画个十字”，这对万物的悲悯之情让天地垂泪。而《羊的泪》中对成为游人美味的生命充满了同情，更重要的是对那些以侵犯别人的生活为快乐并载歌载舞的麻木灵魂充满了愤慨。诗中有柔软的怜爱之心，也有悲愤的仗义执言。用一种诗歌的品格来定位杨锦的诗歌，就是悲慨，其核心就是“壮士拂剑，浩然弥哀”。诗歌有了这样的情怀，就具有了浩然正气和棉衣披身的大温暖。

而任桂秋的诗歌中一直充满了光芒，那是善和美在闪亮。她不论是写给亲人，还是故乡，抑或是阳光下茁壮成长着的学生和孩子，都镌刻着一个女儿、一个母亲的温柔细腻，以及从心灵深处滴下的雨与露。她的诗歌看起来顺畅清亮，犹如闪耀阳光的大河，可细节处都凝结着她更刻骨、更炽烈的真情和爱，甚至有热泪在闪烁。一股暖流会从内向外蔓延，直到冰雪消融，包括万物之间的屏障和距离。这就是有温度的诗歌，让人的内心也敞亮如夏日阳光下的大河，清澈而爽朗。在袁瑰秋的《孩子　你永远年轻》中，诗人以一个母亲的心深情地与这些永远长眠的战士说话，虽然悲怆，却也温暖河山。这种从细小处写大题材的方法，真诚细腻，更能撼动人心，也更让人眼含热泪。

生命情怀。这是对生命和生存的关怀，就是诗人所说的生命被点燃的感觉，不管是疼痛还是灿烂。从本质上说，诗歌就是诗人的生命。在各种文体中只有诗歌离生命最近，或者说就是生命直接投射的产物，而只有诗歌这种文体才有这么强烈的爆发力，才能真实而准确地反映出生命的各种体验。具体落实到写作上就是有感而发，这在逯春生的诗歌里表现得特别明显。他不仅是有感而发，而且感情常常从诗歌里溢出来，冲破闸门决堤而下。如果用一个关键词来概括他的写作，就是情执，坚守真情到顽固不化的程度。尤其是他写亲情和故乡的系列作品，更是真诚又刻骨。丰醇的情感让他的诗歌变得浓烈和深厚。他想让他的诗歌去温暖故乡和亲人，还有那寒风中褴褛的背影，这让他的诗歌充满了深情和撼魂的力量。他的诗歌有根又有心，因为他诗歌的核心永远是亲人和故乡。所以，乡愁是最能撬动诗人情感的锐器，逯春生用写诗找到了回家的路。这让诗歌挤出了水分和杂质，变得更加真实和柔软。

“我看见/一具具沉重的肉身/被大地吞噬/顷刻间还原为尘土”，这是林涛的诗歌，诗中对生命的关切和对自然的担忧焦虑，让他的诗歌不仅疼痛颤抖，也多了层深刻的思考。林涛的诗歌往往起于激情，止于思考。他诗歌的核心就是用自己的体验抚摸大地和万物，用诗歌的方式让人类摆脱苦难，从而让世间万物都和谐美好。这就是思想加重了诗歌的分量，同时诗也使思考有了肉身和灵性。这与郑天枝的诗歌非常相似，郑天枝的诗歌开始于叙述，结束于哲思，最后两句往往都是向上一跃，让诗歌有了陡峭，有了高度。那个高度就是诗眼，就是诗之思，就是让我们仰望的光芒。譬如他说人面对天堂，或者像天堂一样美好的事物，“只需要/奉献洁白无瑕的裸体……”洁白无瑕，就是他经历了人生的种种体验后，悟出的真理和美，这也是他理解的最好的诗歌与人生的境界。

创新情怀。我把蝈蝈和周孟杰放在最后一节来谈，并非他们的诗歌没有前面的种种情怀，理想、真诚和关怀也是他俩诗歌的品质，只是与其他诗人相比，他们对诗歌文本的探索和创新显得更突出一些。

其实，诗歌的每一次进步都是技术的更新和革命。但这些年诗歌技术处于平稳保守甚至休克的状态，所以需要诗人有勇气去探索和开拓，去颠覆并创造新的技术，以保证诗歌的鲜活性和先锋性，从而让我们从先锋中看到诗歌在突围，看到新鲜的、活跃的、特别的诗歌元素在成长，并丰富我们的诗学。蝈蝈和周孟杰显然有着对诗歌文本创新的情怀和激情。他们的诗歌对我们惯常的思维是一种撞击，犹如一个重器，击中了我们大脑中浑噩的部分。蝈蝈的诗歌沉着从容，把激情和惊涛骇浪压缩成一块方方正正的铁，冷静平静，让不细心的人很难发现其中的奇妙，这就是他的功力。他把对字词的打磨和向难度的挑战，都已经化作自然平常的一种语言状态，写诗犹如说话：“你看见了我的内心，它简单、炽热……它在隐忍中仍然保持着明亮与激情。”水晶、心、诗，三者互相映照，互为喻体，加深了情感，突出了品格。简单的口语中变幻着无穷的智慧，这是把技术操练到看不见技艺的程度，即无形乃最高形式也。周孟杰同样把无形作为最高技术理想，他在很浓的情绪空间中，像削木剑一样，一下一下让兵器越来越锋利，让语言越来越尖锐，进而变形，达到创新的效果，譬如“火焰露出脊背/只有燃烧能让伤口愈合”。这种语言的出奇制胜，甚至无中生有，也让诗之思更深刻、更彰显。为了出人意料，有时候他把不太搭界的事物拧到一起，不仅让人大吃一惊，还让情感和思想更加深邃，譬如《玫瑰是露珠堆成的高塔》。周孟杰是比喻的高手，也是把想象推向极致的炼金术者。诗歌的文本就是在他们智力的推动下逐渐搭成了绝美的高塔。

限于篇幅，不能一一列举。需要指出的是，我的这种分类只是突出诗人大致的写作倾向，其实每种元素在这十位诗人中都互相兼容着，互相渗透着。对诗歌的热爱是他们内心永远亮着的情怀，情怀推进着他们的写作，也提升着他们的灵魂。正因为有了情怀，写诗对于他们来说，不仅是搭建一个艺术的金字塔，更是对人类精神和灵魂的建设。

（作者系诗歌与艺术评论家、中国诗歌万里行组委会副秘书长、《中国文人书画》杂志主编）

序

冬日，不要忘了到海边走走

苏历铭

写诗以来，诗歌除了让自己始终保持心灵平衡而抵抗欲海横流的现实之外，还在芸芸众生中结识众多以诗为业、志向趋同的诗人朋友，诗和诗人的存在是我精神生活最重要的寄托与荣耀。在光阴的山谷里跋涉，我们不断丢失深浅不一的足迹，因为有人不离不弃地结伴同行，生命旅途上的任何遗落并不足惜，而一起向前走的友情却越来越弥足珍贵。

我和杨锦相识于20岁那年的北国深秋，当时他在黑龙江大学读书，周末和杨川庆、潘洗尘等校园诗人前来长春拜访中文系师兄徐敬亚、吕贵品等人，当晚杨锦借居在中学同学邱继洲的宿舍。而他的同学恰是我的大学同学，经邱的热心介绍，我和杨锦握手寒暄，之后展开关于诗歌的频繁通信。从此，这位与我同龄同届的校园诗人在互不设防的理想主义年代，轻易变成荣辱与共、肝胆相照的兄弟。

大学毕业后杨锦也来到北京，在《人民公安报》担任副刊编辑。当时正逢精神盲目同居的上世纪八十年代中期，两个异乡青年周末经常聚在一起，他，或者我，经常出现在对方宿舍的门口，然后拿着铝饭盒，去食堂奢侈地添加时令小炒。我们单纯得有些执迷，诗歌是那段时光最重要的话题，但我们的友情却早已超越诗歌本身。

在大学读书时，他和杨川庆共同创办黑龙江大学的冰帆诗社，一度成为校园诗歌写作的北国亮点。在青春期写作亢奋的状态下，这位中文系学子瞬间成为一个诗人，写出大量浪漫、清新、明亮等校园诗歌明显特征的习作。来到北京后，他的诗歌情结并没有终结于大学围墙，而是绵延于他整个内心，在理想主义风靡的年代里不断写出亮色的诗作。上世纪九十年代之后，他很少把诗落笔于纸上，但还是尽其所能，在报纸上坚持开设“三月诗会”专版，一如既往地热爱着诗歌。

是的，在诗歌观念和认识上，杨锦和我存在某些差异，但对诗歌的热爱却是不容置疑的一致。后来杨锦避开现代主义诗歌给他带来的迷惑，专心致志地创作散文诗，他的《冬日，不要忘了到海边走走》一诗被众多人熟知传诵，成为我和相当一部分人心中的经典之作。“冬天，不管有没有雪，有没有风暴，有没有远航的船，你一定要到海边走走，去看看寂寞的海，像看望久别的朋友或远方不知姓名的恋人，给海一点微小的安慰，不要让冬日的海在孤独中感到忧伤。”

一首诗若被世人铭记且传诵，是一个诗人最为荣耀的事情。杨锦骨子里的忧伤和细腻，情感中的博爱和怜悯，在后来的散文诗中比比皆是。在人们一度远离诗的现实生活中，杨锦始终凭借着炽烈的艺术情感，坚守并孜孜不倦地创造着凝练而深隽的诗歌天地。来自乌兰察布草原的他总带着草原人独特的豪爽、朴素、豁达和善良，这种性格是属于自然的，因此，旷野和海洋、落叶、鱼和鸟、森林、花朵都在他的诗歌中表现着作者的思想。他的诗歌都是从自我出发，以一颗明澈而丰富的心灵，体会大千世界复杂的事物。一旦把现实的万事万物放在自我情感的支点上，他的每一首诗都透着缠绵和温柔的气氛。

杨锦是一位性情中人，有时聚会时突然站起身来，把椅子拉向一边，表情肃穆，在大家疑惑的时候，蒙古歌曲从他那浑厚的嗓子里苍凉而忧伤地飘出来。这位草原之子，用他的歌声与蓝天白云天然相连，闭目倾听，能感受到成群的牛羊走出天边。对于故乡的回望与思念，使得杨锦又创作了不少具有浓郁草原情怀的散文诗篇。正如诗人爱斐尔所描述的那样："因为他的成长在那里，他的牵挂在那里，他的爱在那里，所以，他看到的世界总是带着他所出生的蒙古草原那种质朴、本真、辽阔和苍凉的印迹。"其实，他也是一个天然的情感诗人，一部悲剧电影、一次浪漫的长途旅行、一朵云，甚至打错一次电话，都能激发起他的创作灵感。他的诗歌从不刻意雕琢，完全是由情感里涓涓流出，因此，质朴的诗歌语言已成为他艺术创作的最大特点。在《有一朵云正在远去》和《什么也不曾发生》中，他期待着一个人的脚步（恋人的?）并在心里"用纯净的目光护卫心灵中这圣洁的殿堂"，"瞑起双目，静静地等你"，却"只有一股风掠过冰凉的面孔"，"从此，这片被我囚禁已久的日子便开始疯狂地生长着荒芜之草，并且深埋我心灵一角/年年月月，岁岁息息"。我承认，我是一个慵懒的诗歌读者，但每次见到兄弟的诗，我都读得相当认真，且努力猜度写作的背景和心态，沉浸于字里行间最大限度地触碰隐秘的灵魂。

艺术手法的最高成就、文学的光辉就在于质朴，诗歌应当成为人的最高追求和境界，它不验证人生价值，但它显现人生价值。杨锦从不以"诗人"的头衔自居，他活得真实可信，有血有肉。他习惯于在诗歌边缘冷静观察诗歌的繁华与衰落。在当年以各种流派和圈子为时尚的青年诗人群体中，他从不随波逐流，更多地将诗歌摆放在个体生命的内部，形成自己独特的思考，这种甘于寂寞的孤独感，使他在思想和艺术上不断超越自我。这种状态一直持续到今天，只是他早已由青春的抒情式的主题转变为以时代为背景的生命体验，笔法超于理性和冷峻。在诗歌热闹的中心，他是缺席者；但在需要诗歌的时候，他永远不会缺席。在诗意丧失的时代里，我们艰难地创造诗意，就像歌德曾经说过的，不断向山顶推着石头，而石头却不停地滚落下来。当我们也滚落下去，石头或许已在低处找到安身的位置，它本身并不想置于高处，是我们主观上总想把它当作高端的标志。

这些年来，杨锦对我的宽容源自于草原的胸怀，我可以肆无忌惮地在他面前对任何事物进行抨击和愤怒，他总是微笑倾听。偶尔我也在反思，为什么在杨锦等数位老友面前可以肆意嚣张呢？原因只有一个，那就是把他们当成另外一个自己。上苍如此安排，我也无法改变，在接下来的余生中希望能与他们角色对换，我也想只听不说。杨锦本来应该成为一个单纯的文人，但事实是他官运亨通，这让我有些惊诧，但转念一想，以他的品德、自律和能力，一切又在情理之中。

我真的不敢自诩诗人，只是一直坚持业余写作，杨锦之所以邀请我给他即将问世的诗集作序，完全是出于对兄弟情义的珍视。如果把时间跨度拉长至一百年，我们的诗人身份或许无人再被说起，这并不可怕，我们终将化为泥土，但在生命的短暂时光里我们始终拥有热爱诗歌的初心，而人世间还有什么比坚持热爱更幸福的事呢？

2016年2月18日

（作者系诗人、投资银行家）

第一辑　感恩

冬日，不要忘了到海边走走

1

不要总是在八月去看海，

不要总是在人如潮涌的季节去看海，

如果你喜欢海，就该记住：冬天，不要忘了到海边走走。

2

你的心中真的拥有那片蔚蓝的海吗？

你接受了海的温柔，就一定要理解海的暴躁；你领略了海的妩媚与坦荡，就不该责备海的愤怒与咆哮。

3

不要去嬉笑于沙滩上拥挤的人群背后，去捡取夏日的欢乐与放荡，你要在沙滩上所有的人都散去之后，到海边走走，即使是深夜，即使是晚秋，即使是寒冬。

4

悲怆、灰暗、阴沉的颜色，那便是天地混沌一体的冬之海，沙滩上反扣的小舢板会使你想起什么？

你看到海浪在舞蹈吗？那是海孤独的身影。

你听到海浪在喧哮吗？那是海寂寞的语言。

5

海是有生命的。

有呼吸有欢歌有悲调有悄悄独语有暗暗哭泣。

她沉默，会使你如入死亡境界。

她咆哮，会使你疑骇是千万头雄狮怒奔而来。

海总是把愤怒的浪头化作平静的波浪，海是人间最慈祥的母亲，她能默默包容所有的不幸。

冬天，不要忘了到海边走走，以你的身影以你的手臂拥抱海吧！

以你的深深浅浅的脚步，在赤裸的沙滩上书写你永恒的恋情。

6

冬天，不管有没有雪，有没有风暴，有没有远航的船，你一定要到海边走走，去看看寂寞的海，像看望久别的朋友或远方不知姓名的恋人，给海一点微小的安慰，不要让冬日的海在孤独中感到忧伤。

1988 年 6 月

海风吹来

1

渴望海风吹来。从海的深处，吹起一片波澜壮阔的岁月。

岸上这片荒芜的土地沉郁得太久了，时间之蛛网编织着孳草丛生的历史，麻木沉淀了一个又一个世纪。

多少次，我们曾面对着这片沉默且死寂的海，目光里落满失望的尘土，悲哀沿着瞳孔扩散，扩散出一条条疲倦的小红鱼，徘徊在这泪的湖泊。

没有风浪的海，是一片恐怖而绝望的荒漠，常使人想起孤独，有时还会觉着沙滩上那只反扣的小船是被海遗弃的一枚贝壳。

2

我们的渴望如岸边耸立的山脉，只有永恒的凝望；如母亲的翘盼，让每一条缝隙或每一个石孔都注满海水咸涩的吻……什么时候一阵海风吹来，将沉睡的时间、闪烁的希望吹醒，将岸上残缺的夜色和发霉的神话荡涤、冲刷，让新的生命疯狂而辉煌地旋转、律动……

只要有不死的海风悠长地吹来，我们黄土地一样的皮肤，黑土地一样的眼睛，红土地一样的血液，瀑布般纷飞的黑发，就会孩子般忘情地欢快轻飏。

3

渴望如母亲之目光如妻子之手臂一样温柔地吹拂；渴望如久别朋友亲热的拳头一样真挚地敲打，让陆地在阵痛中爆发出欢欣的快感，在浪花的欢笑中抛洒贝壳般的热泪；让陈旧的堤岸感到从未有过的震颤；渴望强劲的海风携着如草原群马如森林雄狮一样雄性的图腾，夹着无情的暴风雨更猛烈地冲击而来。

勃动、冲涌、劲吹，这是生存的一种方式。我们的渴望如磐石一样坚硬。

只要有海风吹来，岸上的树木、花草以及旗帜般的人群都会愉快地站立、致意。

海风正在吹来……

1988 年 11 月

海边丝语

1

目光穿过绿树遮掩的红屋顶，我陶醉在对海的久久凝视中，感受着大海深远的呼吸，宁静的光芒照耀着无边的时空。

走出喧嚣与烦躁，是一种安慰。

2

江河都往海里流，海却永远不满。海的生命力在于她能以博大的胸襟包容百川。

3

海有自己不可侵犯的尊严，她不容任何污物，我看见黎明的沙滩上被愤怒的浪潮卷回来的废弃物。

4

清晨的沙滩上，有许多赶海的人在捡拾，有人为了生存而捡拾，有人为了游乐而捡拾，也有人为了海梦而捡拾。

也许捡拾的姿势看起来相同，而实质却大相径庭。

5

夜晚的沙滩上，有人写下了不朽的话语，清晨时却不见踪迹。也许，沙滩上的诺言是难以长久的。

6

儿子梦海在沙滩上挖沙时，被海浪卷进了海中，当我将他挟出海面时，他便不敢再下海，可是我们鼓励他，让他忘记恐惧，并再一次下海。

也许，失败和挫折并不可怕，重要的是敢于重来。

7

从高高沙丘顶端向下滑行时，怯懦的人从滑道边悄悄走开了，只有勇敢的人才会俯冲而下。

也许，极乐和刺激是从冒险中品味到的。

8

海浪把贝壳送上柔软的沙滩，一位泳装少女寻找着大海的馈赠，捡了一个，又扔掉一个。我却在一块礁石旁边，从厚厚的沙中挖出一枚长满花纹的彩贝。

有时，美的东西总是隐藏着，需要你去发现。

9

卵石之所以圆滑，是因为经历了海浪一次次的冲刷；而礁石之所以无畏，是因为面对千变万幻的浪涛，能一如既往，挺身而出。

10

山脉延伸进大海，大海又依托着山脉。也许只有相互的依存，才会产生雄伟的奇观。

1995 年 8 月

不朽的草原

从苍茫的地平线卷来不尽的马群。风乍起，群马奔腾如潮，浮雕般起伏于草原的深处。

那是你永恒而不羁的缩影吗？我的遥远的乌兰察布草原。

我是从你茂密的草叶、厚实的土地上走出来的黑脸庞宽肩膀的儿子呀！马背驮大的童年是一页辉煌而骄傲的传奇，是咀嚼不尽的记忆之果。

跨上马背，扬鞭纵歌，便想起你彩霞斑斓、炊烟升起的黄昏时那悠扬的马头琴声，便想起那香飘四溢的酥油奶茶，便想起你那达慕上那裸露而发达的肌肉对抗中那风趣的蒙古摔跤……

可眼前是朔风吹响的冬的草原，手握勇敢的套马杆，作一次无畏的骑手。可当我远离云朵般飘落的敖包，沿着辘辘车远去的印辙，独自前行守护草原，才想起，骑手为什么思念母亲。

呵，我的乌兰察布草原，仅仅是一次短暂的驰骋，游子的心便难以平静，便难以走出你温馨而广袤的梦境。

我眷恋的草原是不死的草原，即使是白毛风和北方狼嗥叫的冬夜，也会有奔腾的马群，勇敢地穿越草原的腹地。

奔腾，便是你的活力和希望呀！我的魂牵梦绕的乌兰察布草原。

1990 年 10 月

西去荒原

1

眼前不再是一种浪漫的想象
大地苍茫，大地苍茫
苍茫的美丽，苍茫的荒凉
如血的残阳涂满无边的荒原，叩响每一粒沉寂的沙石。

我独自一人前行，行如瘦马，不见古道，不见小桥，不见流水，不见人家……

2

这是西部的大荒原
这是只有艾略特笔下才有奔跑着充满野性狼群的荒原。

啊，你悠远而温馨的驿站呢？你优美而粗犷的西部狂舞呢？你忧郁云朵一样流浪的移民呢？

我的荒原？

静悄悄的没有回声，仿佛什么也不曾发生，一切都恍若隐匿于冥冥风沙之中。许多行走的故事都是以激昂开始，以悲壮宣告结束。无畏的骆驼草是不朽的路标，有许多星星失踪得无影无踪。

驼铃孤独而寂寞地摇晃着远去的梦幻。

3

荒原就是荒原。

没有声音，没有色彩

静得可爱，静得可怕，静得让人孤独让人绝望。

而勇敢跋涉者的足音却是穿越荒原之不死的神灵。

不止的脚步与荒原垂直，沉重的目光和信念高扬着头，如倔强的骆驼，欲望是烧不尽的野草，希冀如不尽的生命之盐。赤裸的灵魂在疯狂的烈日下经受再生的炼狱之苦，风沙包裹着滴血的双足，正无畏地穿越荆棘之丛延伸的道路。

为了追寻荒原充满诱惑却是虚幻缥缈的瀚海，赤诚的心敢于面对永恒的欺骗。

4

荒原上没有路。

荒原上处处都有路。

穿越一次荒原，就是穿越一次壮阔的人生，即使死亡一次，身后辉煌的传奇也会使你再生。

哦，只要有永恒的追寻，便有不朽的生命和心灵。

荒原前面是绿洲。

1989 年 12 月

跪俑

从夜与昼之间择路而行

那古朴的颜色，是否在昭示你自身的古老与久远！

当你从泥土中复活时，你也便从此获得了阳光。

走出地宫，走出静穆，走出岁月的尘封。

你披盔带甲，单腿跪地，身后是你驾着战车、列着方阵的秦俑弟兄，虽经历沧桑，却不失浩浩荡荡，凛凛威风。

没有秦俑大战的喧嚣与骚动，却总有隐隐的战马嘶鸣，隆隆的助战鼓声响于这世界的一角，向我们诉说着昨天的年轮。

也许，出征的秦俑曾梦想凯旋的旌旗高擎，归来时却没有归期，成为历史的图腾，梦醒之后，又成为震惊世界的奇观，成为门票下游人参观的展品……

我曾流连于这悲壮的历史沧桑之中，谁能想到这帝王将相的祭品，竟会成为辉煌世界的一道悲怆的风景。

走近那一尊尊跪俑，我心如潮涌。跪俑，你千古不变的姿势，让谁能说得清，这究竟是愚昧还是忠诚。

1993 年 1 月

感恩

怀念是一种美好而珍贵的感情。

有人怀念故土，有人怀念旧事，我却常常怀念远方的大树。

那是井冈山上一棵普通的树。

雨里。

雾中。

当悬崖边不幸的车祸把死亡推到面前时，我们没有别的选择。

当我们逃离死亡的边缘，俯身望去，一棵挺拔的大树支撑着我们受难的车体。

不知名的大树啊，我们是依赖着你走出这个不幸的故事，成为人流中的幸存者。

且让我好好地注视着你。

悬崖边的大树，当我们从失态走向镇静，充满感激地站在你的面前时，我该用什么样的语言来赞美你？我是带着美好的向往和朴素的感情来到你的身边，来拜访千万先辈不朽的英魂，离开时，充满心灵的却是不尽的感激。

我不能平静。

无名树，你以残缺的枝干延续了我们生命的绿叶。面对你的朴实的枝与叶，我无言以对……

常常在十一月的北方这片飘雪的土地，向着南方。想念井冈山上那棵不知名的大树。以一颗感恩的心。

1991 年 11 月

夜行船

三等舱内

一张窄窄的船票与我结伴，沿着这条闻名世界的长河漂流而下。

夜色苍茫，这是远离故土的楚天。

轰鸣的渡船驶在昏暗的河道，心思却穿越于一幅古老的历史画卷，念千古风流人物，尽将功名，洒于江流……

波涛无休止地拍打着船舷。

人生之旅……眼睛透过舱窗作长久凝望，便有“念去去千里烟波，暮霭沉沉楚天阔”的古诗句涌上心头，之后始发现孤独的心在异乡跳动的却不是忧愁，而是那浪花的欢乐，那征程旋律的辽阔……

不尽的夜色渐浓。恍惚中因为对岸一只渔火无意地闪烁，我竟温暖了很久，并且感动得流泪。

1992 年 1 月

音乐湖

倾听

以及抚摸这美妙的时刻，让我沉醉并且长久地沐浴在这深深的音乐湖中吧。

我的心在轻飏

这是无言的时刻

我独守着这座属于自己的黄昏小屋，看这纷纷飘坠的音符舞蹈成优美的音乐湖。

有彩蝶飞舞，有花儿盛开，有阳光普照。

这一刻，世界丰富而多情、温柔而浪漫。

夜色已在窗口窥视了，黑色的夜将要吞没一切。

置身于美妙的音乐湖中，我就是永不孤独的贝多芬。

夜色正从音乐之光的脚下退去，音乐湖水浸润着心灵的沙漠。

让我赤裸着走进这音乐湖吧，我便会获得一次新生。

让我的生命之钟在音乐湖中敲响吧，她的声音嘹亮、悦耳、悠长、动听。

1998 年 7 月

去一座城市找一位朋友

塞北。一座寒冷的城市。

二月的雪覆盖了所有的街道。

我独自去寻找一位朋友，他住在这座城市的某一角落。

没有他的门牌号码，

街头每一棵树都是一个路标，诱惑着我的脚步

沿灰色的院墙，拍遍所有栏杆，敲响所有的门

向许多陌生的面孔微笑，寻找一位朋友的行踪

串串脚印留在雪地，这是我向小城诉说的深深浅浅的话语……

无声的雪静静地落

无从问起，无人知晓

多情的雪花亮出六个方向，却迷惘我的归途

哦，我将继续寻找下去

我相信朋友一定在这座城市的某一角，正默默地燃上一支烟或煮上一杯咖啡，

静静地等着我的到来。

1989 年 11 月

我喜欢在雨中走路

不带雨披

却独行于季节的字里行间，读雨的冰凉与柔润。

让淅淅沥沥的春雨淋湿这平淡已久的日子吧，久渴的心田，早已期待一种浓浓淡淡的抚慰，漫漫冬季过后，大地会因为一场肆无忌惮的雨而变得丰富而美丽。

我常常喜欢在这样的氛围中行走，让无边的雨水淋湿，并从中品味异样的情趣。

也曾听见笑声，笑雨中的我，而我也想笑，笑那些雨外躲藏的影子和足迹。

雨，是自然的精灵，是天空对大地诉说的亲切呓语，她滋润我等待已久的生命之树，而我怎能以伞的方式拒绝这春的羽翼。

我喜欢在雨中行走，不撑伞，是不愿落入俗套，在雨中行走，是想成为快乐的雨人。

走出规矩，潇洒一回。

春雨雨人，其乐也融融。

1991 年 5 月

故乡在身后

总是在受伤的时候，才贴紧你的胸膛

总是在痛苦的时候，才走进你的沧桑

总是在无奈的时候，才抚摸你的荒凉

总是在离开之后，才如此怀念你温暖的胸膛

呵，故乡，不离不弃

呵，故乡，总在身后，故乡在梦里，像慈祥的母亲，像村口那棵布满沧桑的老树，深情地张望……

2010 年 8 月

茶马古道

跨入大理古街古驿站门口，就如跨越一道历史的门槛。

门前摇曳的风铃，俯身院落一口清澈的水井，依稀看见波光粼粼的井水，仿佛侧映出马帮起伏的身影……

马蹄声声，敲打千年古道，穿越雪山，穿越草地，穿越青砖汉瓦时光的隧道，穿越唐诗宋词的字里行间……

马蹄声声，曾经繁华的街巷市井，谁知那清冷的月光，宁静地照耀着孤独的归程。

心存一份思念，多少悲壮的故事消失在激昂的鼓面。

茶香绵延万里征程，丝绸铺就一幅多彩的长卷
队队马帮，穿越崖壁的缝隙
在故土与异域的客栈上行走
茶马古道，茶韵悠悠。
千百年低吟着一首古老的歌谣
如诗如画
如歌如诉
一个民族的历史
就这样在马背上驮过大地的苍茫，岁月的沧桑……

2011 年 7 月

丽江：雕刻时光

1

丽江，是一种情结
丽江，是一种向往
丽江，是一种寄托
丽江，是一个梦境
许多人的心，从到达这里后开始了流浪

2

丽江是种毒，难以戒掉的诱惑渗透在丽江每一条街巷，即使远远地看，隐隐地听，也会中毒……

快乐并痛苦，难以自拔。

3

丽江是心的家，归属是失落已久的自己

走进丽江，会放下所有疲惫，会忘记从哪里来，也不想问明天的去向……

只想让漂泊的灵魂在这里停留、安放

4

丽江是一种生活方式
丽江不可复制
在丽江，时光仿佛停止了
在丽江，最美的时光是忘记时光
在丽江，雕刻时光

5

丽江，是一种慢生活
慵懒和惬意是一种境界
生活在高原，每颗流浪的心都渴望迷失和慰藉
雪山圣水湍流丽江街巷，漂流的河灯牵引着心的方向

6

西式的酒吧，空椅子充满了等待的目光，纳西古乐疯狂成交响，红灯笼弥漫着中国红情结，东巴文字让你痴狂

温馨的客栈，开着仿佛永不关闭的店门，让所有骚动的和放纵的心寻找诗意的梦乡……

7

丽江是一种宽容，是一种柔软的时光
离开后，丽江是一种思念，是一种隐隐的痛，
归途中，渴望每一个航班都能延误……

2011 年 7 月

玉龙雪山

1

我曾在地理的彩页上想象你的巍峨和寂寥

我曾在历史的课本上读尽你的亘古与沧桑……

走在丽江的古街，看见路的尽头是你云遮雾绕的面纱……丽江，因你而高贵；丽江，缘你而妩媚；丽江古街上的河水来自你圣洁的雪脉……

2

沿着索道上升，飞越梦想的高度，渴望走近你的壮美，却走近你的沧桑

面对你风化的岩石，融化的冰川

我看见云雾中你裸露的层层苦难……

其实，你是忧郁的，你是悲怆的，当被人群追逐的积雪成为天边的纪念，山川中，那蜿蜒不绝的身影，也许是

扼杀你生命的一条锁链……

2011 年 7 月

慕士塔格峰

1

沿着浮雕般起伏的西部群山，我穿越茫茫的昆仑，透过喀拉库勒湖无边的寂静，我读尽你云遮雾绕间耸立的高傲与伟岸。

2

走向你凝重与雄浑的画卷，走进一首首吟唱千年的边塞诗中，感受你的磅礴与辽远，我仿佛听见冰川破碎的声响，千万里的脚步呵，我带着虔诚的膜拜和赞美而来，只为与你相遇的时刻。

3

此刻，我仰望你圣洁的雪山，那宁静的光芒，让心中却失去了所有的语言。

4

岁月的河流中，你是透明的苍凉，包裹着山川大地所有的激情与沧桑，你是传说中“冰山之父”，你是帕米尔高原不朽的图腾，你守望着，你的一生一世只捧着一簇洁白的哈达。

眺望着你，我才知道，大漠中的河流为什么能永不停息地歌唱，戈壁滩上为什么有孕育生命不尽的绿洲……

2011 年 7 月

飞机穿越博格达雪峰

1

是谁在企盼
是谁在等待

2

美丽的博格达雪峰
你把千年的眼泪
凝结成无言的冰

3

阳光照耀
纵然我豪情万丈
温暖如春
你依旧不变美丽的晶莹

4

我飞越巍峨的天山
渴望在你的怀抱里
寻找一次温存，而你以雪山的温度
告诉我
不能走近你
走近就会融化
就会消失在茫茫的群山

5

啊，美丽的博格达雪峰，为了你不变的守候
今夜我将离去
我将珍藏起所有的爱恋
从你的身边轻轻地走过

2007 年 8 月

普陀之夜

隐匿了白日的嘈杂与纷扰

疏淡了几许香客的步履匆匆

客船到时，暮鼓敲过已久。夜晚的普陀深沉而宁静。所有的墙都停止了呼吸，所有的凡尘都等待着净心，会留的自然留，能住的自然住……

夜的深处，海浪喧哮着，撕扯着普陀孤独的衣角，潮起潮落如泼墨，沙滩若宣纸写了一代又一代的往事与梵音。

袅袅的香火在山的一角闪烁，倾听着佛国的高度，不倦的寺院里，千手的观音守护着不变的慈悲，一千只眼睛注视着点亮的心灯。

今夜，我是漂泊的行人，梦里几度踮起轻轻的脚尖，聆听莲花里的普陀……

也许，晨曦中，诗意的普陀，朝圣的脚步

会从一朵莲花开始

2010 年 10 月

眺望北川

1

没有在天崩地裂后，抵达你的身边

没能在残垣断壁中，与你一起寻找生命的迹象。

你是我的兄弟，你是我的手足，你是我的牵挂，你是我思念的方向。

我只带着诗歌和问候上路。

2

死去的城市已成为抹不去的疼痛

因为有许多的英雄出现，城市因苦难而辉煌。

站在废墟的边缘，我只能眺望，感受生命的坚强。

3

封闭的路口挡住行人的脚步。灾难已凝固成记忆。

我和许多失去亲人的人一样，只能站在山坡上眺望被埋葬的房屋与河流，无法抵达每一条熟悉而陌生的街道，去寻找幸存的声音，无法送去水和粮食，只能在守望的山坡敬上一支祈福的香。

2008 年 7 月

相思鸟飞过大槐树

1

背井离乡，从大槐树开始。

许多人的根都长在遥远的大槐树下。记忆的绳，系在大槐树。

为了寻根，我走过洪洞大槐树。

便如无数繁衍生息的后代一样前来祭拜。

2

年年四月，大槐树下，有一种相思鸟会如期飞来，深灰色的羽毛如深灰色的天空一样凝重，声音凄切，绵延年年。

相思鸟，声声啼血。

大槐树下，绵绵不绝的乡愁，从相思鸟的啼鸣声开始。

2011 年 6 月

切·格瓦拉

你的画像在全世界流行

印着你头像的 T 恤摆在临街的橱窗。

你是英雄，你是理想

你是浪漫，你是象征

你的目光，坚定而痛苦

你是席卷世界红色风暴中的偶像。

你来自遥远的加勒比海，你穿越国界、穿越陆地森林、河流和海洋，你穿越了教科书和文字的传说，你让青春充满激荡。

你就是切·格瓦拉

你就是以痛苦征服世界的切·格瓦拉

2011 年 5 月

独守诗歌

一生中都在感念，这位美丽的情人

一生中都在守护，这位无情的情人。

在苦难中风流，在欢乐中痴迷，将心中的秘密告诉诗，将希望和苦涩交给诗，将命运和人生铸进诗，将眼泪和孤独扔给诗。

情感之路上，独守这一方绿地，只愿为此奉献并且快乐地耕耘。

诗的微笑，诗的花朵

铺满每一个早晨；

诗的星光，诗的灯火

照耀每一个黄昏。

即使贫穷得没有一文，只要有诗为伴，却也充裕一生。也许，就这样作一苦行吟者，在诗的殿堂外走过春夏秋冬，但每一句诗的果实上，都闪烁着血与泪的晶莹。

1991 年 10 月

没有这个局项

1

曾经有过一个时刻

冬日的黄昏，我到这个城市找你。

没有地址，没有你的名字

走向你的唯一途径，是你留下的电话号码

我认识你的声音，你的声音就是你的名字，这个城市的名字就是你的名字。

2

站在灰色的电话亭里，伸出僵硬的五指，红色的话筒落满灰尘，四壁亮色的玻璃破碎已久，是谁的阴影撕裂这温馨的空间。

棱形的街风吹冷我的这一瞬间，四周没有护卫的世界。

手里是你留下的电话号码，多么渴望这冰冷的电线能导出一片多情的温暖。

3

拨响号码，颤抖的手指牵着这几个沮丧的阿拉伯数字，一次又一次地旋转。

旋转之后却是同样的声音：没有这个局项。没有这个局项。

冰凉的话语，是这个城市抽象的面孔，像是来自另一个陌生的星球。

我茫然的心野一片苍白，不知是继续寻找，还是悄然归去。

4

城市之门已经关闭。

这个城市的声音我不熟悉，即使是投进的镍币也不再退出。

也许你的身影正隐进城市的某一角夜色。

走过街头，每一扇临街的窗户都是你的一只眼睛，冷冷地看我，蓦然想起，那透着光亮的，也许是无意的闪烁，可我却把它想象为一种诱惑，一种呼唤之光。

哦，我流浪已久的思绪，疲倦地伫立于黄昏的街头，没有归宿。

5

曾经渴望曾经追寻曾经等待

投进许多情感，换来的却是一个沉默的结局，你留给我的电话号码，或许是几个信手胡乱写来抽象的数字。

夜色愈浓，我该归去了，这个城市，我没有熟悉的地址。

脚下是电话亭破碎已久却无人清扫的玻璃碎片，我仿佛踩着一片破碎的记忆……

1989 年 7 月

雨季

1

此刻
所有的窗口都有水在流
世界是一片雨声
雨声之中是疯狂的安宁
该生长的都在生长
该凋零的都在凋零

2

蝉声已远
黑色的树忧郁地站着
没有声音
夏的柔情已被淋湿
雨的足迹正在延伸

3

涨满雨水的眼睛
渴望一片碧蓝的晴空
禁锢已久的心
期待一阵明快的风

4

无奈的雨季里
寂寞已久
有一日忽然觉得
街上偶然飘过的雨伞
也是很美的风景

1988年8月

雨季不再来

三毛笔下的那个动人的撒哈拉的故事已经讲完，在三毛走过的路上却有许多人依旧在讲着三毛的故事。

清明之时，张乐平王洛宾念叨着三毛的故事

商州热土，贾平凹捧信回忆着三毛

千千万万的三毛崇拜者们噙着眼泪，珍藏三毛留下的没讲完的故事，惦念着独自踏上黄泉路上的三毛是否步步凄凉？是否有几许欢颜？

哭泣的不仅仅是骆驼

不仅仅是可爱的稻草人

岁月的河中，一切依旧，花开花落，谁知多少？

三毛的世界里，雨季不再来。

1992 年 3 月

为一个故事而来

大青山依旧

大黄河依旧

昭君墓依旧

千里而来，只为了史书中的一个故事，故事中的爱情和友谊诱惑着我们的脚步。

一堆黄土能说明什么？草原上有许多的昭君墓，其实昭君身落何处已并不重要，只因魂系胡马，已被千秋传诵。

昭君、昭君，草原人喜欢这个名字像喜欢自己的名字一样。

于是，有许多的诗篇留在了这里，有许多的足迹留在了这里，有许多的思念留在了这里。

1993 年 8 月

走过敖包

沿着草地向前

在草原的尽头，那石块垒就的就是敖包。

跟在蒙古兄弟身后，我们手捧哈达新鲜而自豪，背后是鲜艳的彩虹。

走近敖包，且以浓烈的酒浇洒稀罕的石块，每个人都在祈祷，敖包会让人感到吉祥。

美丽的锡拉穆仁草原，谁能说得清，这草原上有多少敖包垒就的心愿。

风过、雨过、岁月沧桑

能让人如愿的敖包呵，你能否告诉我，是不是所有祈祷过的人都会兑现一个久渴的心愿。

1993 年 11 月

听箫

悠远　清凉　忧郁

这宁静的光芒洞穿时空，若是有孤独照耀的夜晚，且让箫声忘情地缠绵。

雨里听箫，雨如箫泣

风中闻箫，风似箫怨

如语如诉，扣人心弦的箫声呀，你究竟能将多少旅人的心境揣摸抑或宣泄。

走了很远的路，翻看唐诗宋词，满纸吹来的仿佛皆是不尽的箫声。箫声中，诗的星光、诗的灯火明明灭灭，照出旧时骚人几多悲壮几多浮欢，几多失意几多忧伤。听见了几百年前草堂茅屋杜诗人传出的一声嘶哑的叹息，恍惚中又似踏上了王昌龄笔下阳关的寥远而苍凉的边塞画卷，抑或又看见柳永那首杨柳岸、晓风残月的词中几许疏淡。

千古风流人物，倒是诗人气短。

上下数千年，有阳光温暖的普照，亦有箫声不尽的绵延。

箫声如酒，醉人在湘西雾里，醉人在遥远的楼兰，醉人在漂泊的旅途上，醉人在思念的梦乡。

1993 年 1 月

想起行路人

冬的原野上，风是千万匹奔腾的野马

寒冷，吹得每一个消瘦的日子瑟瑟发抖，可置身于双层窗户遮掩的小屋，看着炉火在夜色中温馨的微笑，我开始品尝冬天的乐趣，温暖本身就是一种幸福。

我想起那些正在风雪中行走的异乡人

我想起那些无家可归甚至沦落的流浪人

我想起安徒生笔下那个卖火柴的小女孩在雪地里划亮一根又一根取暖的火柴。

我想起塞外那久卧病榻上的父亲，在这寒冷而漫长的冬夜里，可曾有炉火取暖温身……

想着想着，我陷于沉思，看着炉火欢快的舞蹈，我竟长久地无言，并有泪水盈眶，濡湿夜色一角。

1991 年 5 月

雪原上的太阳

迟缓而执着、颤动痉挛着涌起，跃出宁静的雪线

呵，雪原上的太阳！

空旷而辽远的雪原上，一切都仿佛凝固了，只有鲜红与雪白，这两种鲜艳而壮观的色彩，组成北方苍茫雪原上迷人的风景……

雪原上，多么可爱的红太阳呀，鲜红，却没有炫耀的光泽，像少女羞涩的红晕。是故乡窗前树枝上那悬挂的红苹果，还是异地孩童手中牵着的硕大无比的红气球？

我放飞晶莹的渴望和幻想，忘情地凝视着远方缓缓升起的红太阳。

世界一片寂静。我忘却了夜的寒冷和恐怖，我好像找到了自己丢失的温暖……

呵，如果没有太阳，这雪原该是多么单调而苍白呀，像那逝去的满天红色或漆黑而贫血的岁月。

假如荒原是一首粗犷的诗。雪原上的太阳便是鲜红的意象，假如大自然有一支神奇的笔，那这北方沉睡的旷野不就是最杰出的版画吗?!

1988 年 2 月

最美的飘雪在故乡

1

骏马踏雪而去
蹄声已远
回荡在大地胸膛的
还有日历飘落的声响

2

瑞雪如期而至
丰腴着季节的渴望与梦想
漫天飞舞的群蝶
正静静落满城市的肩膀

3

忘情在雪地徜徉
不肯拍打寒冷的衣裳
眼里总闪现故乡的雪屋和炊烟……

4

那遥远的村落是冬天的童话
故乡的飘雪呵
是记忆中美丽的音乐和诗行

5

最美的飘雪是无声
最美的飘雪在故乡

2003 年 1 月

走向胡杨林

就这样踩着静静的初雪走向你，我故乡的胡杨林。

仿佛是一次梦中的相逢。

我用数不清的脚印叩响你古朴的晨林，或许是寂静沉淀得太久了，你静静地站立千年不倒的胡杨林。无声无息的凝望中，才发现你久远的等待。

呵，我的胡杨林。

世界静悄悄的静悄悄的世界。

我无言以对你的沉默，你的大片大片厚实的雪花疯狂旋落的宁静。

轻轻地抚摸你树干上静落的雪花，却见温热的手下是一行冰凉的雪水正无所顾忌地流淌。

呵，沉默不语的胡杨林，面对着归来的游子，你终于有了无声的声音，是一声轻轻的呼唤，还是一串孩子般委屈的哭泣。

心茫然雪茫然天茫然

我为何而来?

遥远的额济纳，有一个静雪飘落的早晨，有一个归来的游子，曾把多情的脚印留在这片雪地，这片胡杨林，踏响他心中那片冷落已久的感情……

1990 年 6 月

关于胡杨的记忆片段

1

宁静的河水
环绕着沉睡的山峦
在相依中等待
大地的温暖
当太阳跃起
所有的渴望都在瞬间点燃

2

沿岸而行
读夜色醉人
看层林尽染
在自然与梦幻间
深深浅浅的树影
倒映出人间仙境

3

成长的苦难
早已被沙漠深埋在地下
风霜雪雨何所惧
千年不倒
以不屈的身影
向苍穹诉说着
生命的渴望

4

所有的风骨
都在苍茫中尽显
太多的苦涩
都在记忆中凝结
无需绿叶点缀季节
生命的姿态
也许就是这样执着

5

也许只有这样贫瘠的土地
树与树才能相依为命
即使弯下岁月的腰
背负着太多的苦难

但挺立的枝头
也要让秋天拥有一片灿烂

6

高天流云
树随影动
如画的美景
在记忆中凝固
在岁月中永恒

7

风干的是记忆
细密的是年轮
如果胡杨有泪
每夜的月光
都会映照出她的晶莹

8

也许，你并不孤单
虽然脚下是荒凉的土地
但你却拥有最湛蓝的天空
寂寞的荒原
行走的是不羁的风
不变的是你艳美的风景

9

看不尽的荒凉
无畏面对百年沧桑
祥云为伴
即使最残缺的躯干
也有生命之花在枝头绽放

10

根与根在地下相连
叶与叶在空中簇拥
如影相随
生死不离
你的梦就在我的梦里
相依，就是永恒的歌
相伴，生命才充满意义

11

这不是死亡的符号
荒原上
当它作为树的形象
坚守生命的执着
你应当为之感动
驻足倾听绝唱

12

苍凉间一湖水
可是沙漠最后的眼泪
如果有一天
你走过这里
不要忘记荒凉中
她的清凉她的秀美

13

阳光之手
点燃金色火焰
五彩的音符
为季节而歌

14

生如夏花之绚烂
死如秋叶之静美
彼此相依
在一片祥光沐浴
生生不息

2010 年 8 月

多风的故乡

故乡的风总响起在梦里

梦中总响起故乡的风

故乡的风是祖母悠远而慈爱的呼唤，醒来却什么也不曾发生，只有呜呜作响的风掠过灰色的苍穹。

故乡是多风的地方。故乡的风粗犷而硬朗，像草原人的性格，故乡的风是草原上的流浪汉，犹若天空的云朵，无所依存，无所寄托，只有用嘶哑的歌喉吟唱着永恒的流浪曲。

一代代的草原人是喝着粗硬而凄凉的风长大的；一代代的草原人是被这风吹走的，掩埋去的。

多少次从荒凉的梦中醒来，心的原野空旷无边，只有这熟悉而陌生、依稀而清晰的故乡风缠绵着我的思绪。

窗前摇曳的花，门外飘摆的树，总会告诉我故乡风的形象。

1989 年 6 月

泥屋

泥屋是我童年的家。

泥屋是我遥远的梦。

我生在塞外的泥屋，泥屋是我故乡的摇篮，我是从泥屋里走出来的孩子。

泥屋便是用土坯垒就的屋子，她似乎属于贫寒，泥屋泥得土里土气，泥屋里说的是土话，泥屋里的人面对的是土地和庄稼。

我的啼哭是从泥屋开始的，我家的泥屋前面有宽阔的院落，设有栅栏，里面种满了土豆和向日葵。夏日里，当淡白色的土豆花和金黄色的向日葵遍地开放时，也有成群蜜蜂来采花酿蜜，那时，我曾感觉，泥屋的人家并不贫穷。

离开故乡愈久，对泥屋那种特有的怀念也就愈深。

泥屋绝没有高楼大厦的巍峨与豪华，它朴素且结实。当父亲领着我们举家迁移，以几百元的价格将泥屋出卖给乡人时，我曾泪水朦胧，在远去的车上，留给我的越来越远的是天空下那低矮的泥屋。

我想，故乡有多种的语言，袅袅炊烟是向天空诉说的语言，父辈躬耕的身影是向大地诉说的语言，而泥屋，在我的心里，也是一种亲切而温馨的语言。

1992 年 11 月

关于外祖父的记忆

1

沿着你额上深深的皱纹铺展开的小径，走向苍茫山野那片绿色的梦境。以你铮铮风骨和汩汩热血，以你夕阳般火红的余晖，去守护这片贫瘠的土地上生长出的每一棵小树，甚至每一根野草，每一朵鲜花。

你是山坡上这片葱茏山林的守护神。

想过去，这里只生长荒凉寂寞，狂风黄沙卷走了数不清的塞外汉子，冰凉的石块下，压埋着代代村民绿茵茵的幻想。

2

终于，从白毛风和飞沙编织的土地上挣扎出一丝绿意，一棵棵白杨树、胡杨树、红柳的存活不再是神话，嫩绿的枝叶从此丰腴了塞外人的想象。

一行行幼林走进这遥远的北方。一个个希望挺起村民浓烈的向往。

在幼林的身后是你辛勤的足迹。在你手下开始生长出茂密的树林。一行树就是一道阻挡风沙的绿网，一段精美的乐章。

3

没有丰厚的报酬和镀金的许诺。

你说，树是子孙的财富，村民的希望。你用生命守护着这里的一切，不容刀砍斧削的日子走进这片翠绿的树林，不容弥漫的风沙再疯狂地涂抹美丽的村庄。你踏着黎明而去，挽着黄昏归来。你同阳光和星辰一起，忠诚地守护这片树林。

4

一个狂风四起的雨夜，梦中醒来你又想起那棵刚刚扶直的小树。你以闪电一样明亮的信念，去撕破心中迟疑的云朵。你又一次走进那片树林，归程中不幸摔下山崖，失去了生命的支点。

再不能走向山坡那片青青的树林，用责任和义务守护林间每一寸的安宁。那里是你生命的根，林间的每一棵树都记着你的足音；每一片绿叶都在呼唤你的身影。而你只能怅然告别，作风雨中一尊眺望的雕塑。山民们常见你独自拄着拐杖，在村口远远地久久地看着那片熟悉的树林……

1990 年 6 月

二月的节奏

1

匆匆的是脚步
长长的是回家过年的路

2

把再多再多的心事放下
把最重最重的祝福带上

3

人在路上
年在家里
每一个漂泊的游子
都渴望在二月的门槛
踏上故乡飘雪的土地

4

二月的北方
日子在路上，人群在路上，城市在路上
只有街头伫立的树
在静静地等待着
春天的问候

2003 年 2 月

融雪的时刻

北方的二月。

城市的楼群正浮雕般伫立在早春的长街旁，抖落身上的积雪。苍茫而厚实的土地尽情地铺展开辽远而粗犷的画布，任阳光和朔风涂抹着季节的颜色与声音，人们的脚步就匆匆行走在这岁月的浓淡之中。

这是融雪的时刻。

我听见冰河解冻的轰响与残雪流泪的声音，一切都是过程，告别与新生往往是瞬间的事情。

一把把的扫帚正伸出门户，无情地伸向积雪与泥泞，被弄脏的日子，已被清扫得干干净净，该清理的终究不能残存，世界需要洁净的城市、土地与天空。

推开二月的窗，外面是款款涌动的春天河。真正的融雪不仅仅需要阳光与风。也许春天的暖流是从我们脚下踩出来的，是从我们的眼睛里流出来的，是从我们的手中牵出来的，是从我们心灵深处呼唤出来的……

哦，融雪的时刻，无声胜有声。

1993 年 2 月

夏日的怀恋

1

蝉声已远，人影渐远，沿北国校园围墙散去的许多足迹已远……

我们似一阵年轻而透明的校园风，风风火火地吹了四个春秋，便在那个夏季定格为一条条伸向远方的路。

2

匆匆而去的日子如世界之纷飞秋叶，岁岁寒寒，叶叶飘落，我的眷恋便如埋藏已久的醇酒。

渐浓、渐浓……

3

那时，告别了故乡的小河和炊烟，告别老祖母慈祥的目光和父母波浪一样的叮咛，沿着飘满莜麦花的田垄，我走进了布满柏油路的城市。

我是从高纬度冻土地走来的孩子，渴望每个人的心能像家乡的土地一样坦荡。于是，在那个生长知识，生长友谊，生长爱情的校园里，便有一个个朋友浩浩荡荡地驶进我不设防的心的广场。

4

十八岁，正是爱诗的年龄，正是朦朦胧胧的年龄。即使是一场无声的落雪，即使是一片凋零的枫叶，即使是一个无意的微笑，我们都会向缪斯吐露一片少年痴情。

于是，我们夏日的生活中便长出才露尖尖角的“小荷”。怅然告别后，便揣着一本《去远方》的诗集和一张硬座车票，我们走向四方。

呵，也许因为有了夏，我的心中才拥有一片青青的绿荫。

5

“劝君更尽一杯酒，西出阳关无故人”。“莫愁前路无知己，天下谁人不识君”。“当你向你老婆吹牛时，不要忘了你曾向自己的大门踢进一球”……

至今珍藏的这个赠言本上，留下当年分别的珍言，狂妄的、感伤的、滑稽的、依依惜别的珍言，是一朵朵五颜六色的友谊之花，盛开于我布满坎坷荆棘的人生之途。

6

还记着班上那位很少说话总爱低头走路的女生什么也没留下，可是却在我西去的列车窗口挥手而去的时候，呜呜地哭泣起来，我还没看清她的面孔，便从此分离而别。至今我几乎想不起她的面孔，可那月台上最后的泪水却依旧清晰地莫名其妙流过我的心头。

之所以依旧记着，是因为我相信那使我遗憾的眼泪却恐怕是最真诚的箴言。

7

蝉声又近，苦热的风吹浓了夏日的愁绪。我的怀恋便如这流火的季节一样渐浓起来。

呵，我怀恋校园里那片青青的白桦林。

我怀恋那条小草铺就的弯弯小径。

我怀恋那个叫不起名字、却难以忘却的像风一样袅娜而去的倩影……

哦，如醉如痴的夏日梦幻，我的怀恋如夏日的太阳，赤热明亮；我的怀恋如夏天夜晚树下婆娑月亮下斑驳黯淡的阴影中流泻着苍白而宁静且淡淡的忧伤……

我的怀恋在夏日，那分别的夏日，是我人生的一个驿站，也是生活错动的一个断层。从此，我便从夏走过秋，踩着青草，踩着落叶，踩着积雪，走过冬日的风景线，走过漫漫的人生之途……

1988 年 9 月

草原上的路

草原上没有路，草原上到处都是路。

到草原上来吧！到辽阔、遥远、粗犷、荒凉的草原上来！到天苍苍、野茫茫、风吹草低见牛羊的草原上来！

会骑马、会唱歌、会摔跤、会大碗大碗地喝酒吗？要不，就进不了草原的深处啊！

从徐悲鸿《奔马图》中牵出一条疯狂的千里马，去做草原无畏的骑手。用叭叭作响的牧鞭，去套取旋风一样的烈马，把马背化作舞台，以优美而潇洒的姿势去征服草原上冬的肆虐、夏的放荡，用你的气概为坦荡的草原上耸起绵延的山脉……

那么，便会有姑娘为你歌唱，便会有马头琴为你奏响，便有路在你的脚下延伸。

1988 年 3 月

牧羊人

嘴角上那支老掉牙的歌，整日被风吹得飘来飘去，像你身上那件油渍渍的老羊皮袄。

你一声响亮的唿哨，能使调皮的头羊戛然而止，你是草原上最出色的骑手，你放牧着辽阔的草原。

可是阿爸，望着你一个人孤独的身影，我却常常流泪。我是你用鞭子赶上马背的儿子呀！只因为有一年一位远方的客人和你谈了许多，你便觉得还有比草原更广阔的世界。便告诉我说草原再大也不如心窝窝大。于是，我从毡房油灯下，从风雪编织的草地路上，从草原夜的尽头，走向辽阔的远方……

之后，当我漂泊已久又回到草原，将自己写成的一本厚书放在你的手中时，你用粗糙的手指摸来摸去，连说好好，两行老泪流下来："可惜阿爸不识一个字"。

1989 年 4 月

走西口

声声慢，声声离人泪。

一曲沧浪的歌，从代代西去汉子的身后，像悠悠的驼铃艰难地穿越岁月的河……

多少年了，却始终未能走出荒漠，西口在哪儿呀！

鄂尔多斯的风暴，使丘陵化为沟壑，让古驿站变成破烂的传说，栓马桩还在，可哥哥为什么还不回还？

妹妹凝望的身影站成了一棵没有开花的孤树，久久地伫立在岁月的山坡。

只有这支嘶哑的歌，踉跄于八百里秦川的坎坷，飘曳于黄土地扎羊肚白穿花格格男女的梦乡，成为民间故事中，一段感伤的情节。

1989 年 4 月

倾听东海岛

1

沿着历史的足迹，作一次深深浅浅的寻觅，读遍水光山色，却难寻当年失意的官吏骚人被放逐的苦难一页。只有忧郁的湖光岩睁着一只永不闭上的眼，告诉你这里的过去，告诉你曾经属于这里的荒蛮、寂寥和久远。

2

死寂而静穆的海，坚实而朴素的岸

也许，这都不值得称赞。多少年了，当对面香港岛的红灯绿酒闪烁在深邃的海面，这里朦胧的渔火却依旧那般暗淡。哦，也许，这片曾流放过许许多多叛逆者的土地又从我们的手里流放。

3

海风劲吹，岸上的树木正疯狂地舞蹈。

行走在昨天与今天，行走在海与岸之间的我们，终于听到了令人狂欢的预言。

听到了海洋与陆地碰撞的声音

听到了现实与梦想碰撞的声音

听到了开拓者脚步与土地对话的声音

梦醒在东海岛，梦醒在南海的波涛

4

在东海岛上，一间普通的小屋里。一个方圆几米的未来东海岛规划图内，耸立的高楼、优美的海滨别墅模型，浓缩了雷州岛几代人的梦。

而我们将注定作为海岸线，行走在海与岸之间，行走在负重的历史与图腾的现实之间，渴望我们是创造明天诗篇的激扬文字。

生动而辉煌。

1993 年 6 月

第二辑　独行

相对无言

一棵树与另一棵树的相望
一颗星与另一颗星的互耀
一座山与另一座山的对峙
一扇窗与另一扇窗的凝眸
相对无言
今夜的我们，便如
两棵静穆的树
两颗不语星
两座沉默的山
两扇平静的窗
相对无言

1992 年 10 月

想起一次长途旅行

那日。

一个人走在黄昏的边缘，默默地看夕阳是怎样缓缓隐去。

忽然想起许多年前一次长途旅行，去哪儿忘了，反正坐的是火车。

只有我一个人和一张硬卧车票。

路途太遥远，用不着分白天和黑夜。

一瓶酒和一部长篇传奇都已喝光，旅途醉得摇摇晃晃，那本从小贩手里高价买来的传奇比酒的度数还大。

世界昏沉沉。

醒来时却发现对面的座位上有一位美丽的少女，少女看着窗外。

我看着她的时候，忘了许多忧伤的故事。

很想和她聊聊，没别的意思，就是想聊聊。旅途寂寞，有一位陌生而美丽的少女，你不会孤独。

分手之时，少女终于向我笑了一笑，然后从那个不知名的小站消失得无影无踪。

许多年后，想起那次旅行，就想起那个很美的少女。

那少女是一首羞涩的诗，我曾读出许多含蓄的美。

至今我忘了那酒的名字，忘了那传奇的故事。

只有那少女的微笑很真实，没有忘记。

1989 年 5 月

自己的秘密

每个人都应该有一片属于自己的领地，埋在心的一隅。

不属于绿叶，也不属于花朵，甚至不属于母亲不属于妻子。

也许是心海一座孤独的小岛，也许是梦中一条温暖的小径，也许是旅途中一块远去的黄手帕，也许是一种无法启齿的秘密。

无需对谁许诺，无需对谁倾吐。

人生，总有一些东西，属于自己。

1990 年 7 月

初恋男孩

无人的时候，便想起那极纯极淡的一页，独自回味温馨而遥远，甜美而酸楚的爱恋。

那时，曾沿着上升的台阶，独上西楼。

一层层走向她的小屋，那小屋神秘而美丽，那小屋我从没有涉足，小屋里面的女孩是我初恋的情人。

那时，我有足够的理由向她和别人证明我为之而来的借口充分无比。我行将敲响她少女平静的生活。

可有一种恐惧的温柔有一种紧张的渴望在前面等待。

那时，一个声音对我说：走过去吧，勇敢是打开幸福之门的钥匙。

于是，我伸出了两个手指，然后举起。

然而，又一个声音对我说：归去吧，不要盲目地采摘青春之青果，成熟的时候，花儿会主动开放。

瞬间，我举起的手又无力垂下，犹豫之间，我选择了后者。空白袭击脑海，心里只有一个心思：逃离。

之后的日子，我常怀疑这是否是初恋？是否是一次失恋？

之后的岁月，我同自己的年龄一起成熟，而那个小屋里的少女，却当了别人的新娘。

1992 年 4 月

雨天，小酒馆的故事

倾盆大雨。无处将自己隐匿。

沿街寻找无雨的天空。

躬腰拾足作猫的行踪，窜进一家小酒馆叫声老板上酒便开始独饮。

雨天多愁雨天善感

雨天人太脆弱

只因为后来对面桌上，一位少女唱了一首令人感伤的歌，我便开始更加感伤，感伤得开始喜欢起这倒霉的天气喜欢起面前这位陌生而忧郁的少女。

不想知道她的名字以及有没有男友之类没意思的故事。只因为她唇上一朵忧郁的微笑默默盛开，我便更加忧郁，忧郁得想从她身边逃离，手却又举起来，想和她碰碰杯，喝下这一刻这难以诉说又莫名其妙的淡淡惆怅。

这一刻，我只想无声地看着她。

饮三杯两盏淡酒

想象着她唱过的那首令人感伤的歌曲

静听窗外浓浓的雨声点点滴滴如怨如泣

1990 年 3 月

有一朵云正在远去

这片圣洁的土地不曾践踏

这是许多年前为你留下的一片伊甸园

我在周围插上篱笆，垒起厚厚的墙，用纯净的目光护卫心灵中这圣洁的殿堂。

真诚之花如不曾凋落的青春之吻

初春的原野是一片禁区

我曾在梦的边缘徘徊，久久地期待

梦想是许多生长的枝叶

时间之手编织着温暖的巢

曾经发誓、祈祷，用生命护卫这里的一切，不让邪恶的目光翻越禁区之墙。

只为你转身的一个凝视，我就成了你的影子。

只为了等你

等着你的归来以及任意践踏

1989 年 7 月

什么也不曾发生

很多年后
我的期待长成一棵没有开花的树
静垂的日子，幻想在风中飘摆
你终于来了

我欣喜地走进这幻想已久的时刻，瞑起双目，静静地等你，你的如期而归。

终于，什么也不曾发生
只有一股风掠过冰凉的面孔
什么也不曾发生，天空有一朵云正在远去。

从此，这片被我囚禁已久的日子便开始疯狂地生长着荒芜之草，并且深埋我心灵一角。

年年月月，岁岁息息。

1989 年 7 月

无怨的追寻

1

从那一天开始

我便开始追寻

多情的双脚，在布满荆棘的土地上，追寻你远去迷人的风景。

我抬足而行便已明白，远方的你是一个美丽而荒凉的神话，也许，美丽壮阔是因为那无边的荒凉，而荒凉的本身也是一种天然而独特的美丽。

戈壁滩上，我是永不回头的走向。

2

举目前方大漠深处

是永不退去的荒凉

瀚海是迷人的海，迷人的碧湖，向饥渴而疲倦的行路者展示一种诱惑。

3

无法企及的欲望之海之湖啊，我开始诅咒这虚幻的陷阱。

后来，当我在你孤独的土地上跋涉已久，却又觉得，虚幻的瀚海开始成为一种慰藉。

便如你的爱恋，而我如此赤诚的心，敢于面对永恒的欺骗。

1991 年 1 月

旋转在你身边

以不变的姿势

追随着你万变的身影

任道路纵横交错，痛苦的爱行走在泥泞的路途。

拒绝驿站的诱惑

忘记了夜与昼的交替

执着的走向，你是我心中不朽的路标，希望的北斗曾陨落

曾有风沙弥漫、暴雨侵袭

被狂风撕碎的身影一次次重新组合，追随的信念如礁石，即使破裂为碎块，也块块写满坚强的忠诚。

呵，我的追寻如不死的雪莲，迎着你绽放的雪线傲然地生长。

此刻，我是季风，是一种不变的走向，

是期待已久的海岸线，是绵延起伏的山峦，等着你，

等着你落日般温柔、绚丽而浪漫的回归。

1990年3月

随意而行就是路

1

那一夜，多情的雪花轻柔的翅膀飞舞着。大地苍茫，世界苍茫。天也朦胧，路也朦胧，我们的心思也朦胧。

无声飘落的这万千洁白的精灵，覆盖了一个夏天慷慨的热情，这是冬天，这是你的回报吗？以朦胧、以寒冷？道路失去了踪影。

雪地上，我们默默地走着，身影如身边挺立的白桦林。

此刻，我们该是怎样的走向，向南、向北、向西、向东？我把头转向你，你说随意而去，随意而行，就是路。

2

期待了很久，千百次渴望一次相逢，一次邂逅，而今夜，我却从遥远的他乡来，走过你家的窗前，你熟悉的家门，稍稍地凝视便悄悄地去了。

你不知道，你永远不会知道，我们有过如此相近的重逢，或许你正在梦中……

人生呵，能有多少次这样的“重逢”……

1987 年 4 月

心在河对岸徘徊

那天，我们一群风风火火的青年，远足去了……

路，在山谷中河流间的岩石块上蜿蜒，像那双一直向我微笑的眼睛。

过河时，他总是在我前面伸出手，以一个合理、自然而又无法拒绝的理由，握着我纤细而战栗的手，拉我过河……

呵，这安全而恐惧的一瞬……

我们终于跨过了一条条小河，可脆弱的心，却总在河对岸徘徊……

没有过河

1989 年 7 月

最后的舞步

今夜将不再回归

所有的试探和矜持，都已变得茫然，剩下的只有这一曲疯狂的摇滚打击乐。

音响轰然如雪崩，撞响沉寂的冥冥夜色。

世界是一片翩然的群蝶

手和脚都已从合理而又不合理的模式中逃脱

那忽明忽暗的灯光，可是你朦胧的心思吗？

红色弥漫诱人的放荡，如少女响亮的嘴唇；黄色却含含蓄蓄，是你难以捉摸的情绪。

终曲末了，说声拜拜再见，不知明天的舞池中，搭在你肩头的将是哪一双手臂。

1992 年 5 月

匆匆行旅

从来都是这样，路与路交叉而过，却没有呼唤、没有回声。人生相遇相知是微小的机遇。

擦肩而过的时刻，快乐而紧张。

你只是一个极淡的极浅的无言的微笑，却使我充满感激。

你如诗如画，你如云如影。

涂满我眼睛的，是擦不尽的思绪。

只是匆匆的行旅，却有许多独特的痕迹，留在身后，留在记忆。

再回首，却不见你的踪影，茫茫人海，去何处寻觅。

从此，寂寞的天空下，我品味孤寂，每一步的前行，都学会几分珍惜。

1992 年 7 月

三月某日的黄昏

异地城市的一角，红蜡烛列成方阵守望。

写满祝福的蛋糕上，愉快地举起一支支火把，红色的祝福弥漫了心的世界。

今天是你的生日，和你影子又独自对话。

将蜡烛一一点燃，昨天的梦又清晰起来，想起那个无雨的春天，这个时刻，你为我画的一幅顽皮的画……

我孤独的眼泪难以沉默，挥洒成心中绵绵的雨季！

听心中之雨点点滴落，敲打空寂的窗棂。

且饮且看，火的精灵欢乐且自由地舞蹈，看红色的蜡烛无声地哭泣。

这一夜，我独望无语如庙中之佛，看一根根蜡烛燃尽、熄灭。

1989 年 2 月

永远的温馨

在所有祝福的行列中，你是独特的声音。

洁白的信笺里，是精美的贺卡，

没有邮寄者的地址，没有署名，

只有一行行温馨的祝福和其中那艳美的图画，

为我浅浅的日子留下一个深深的谜。

无需去问是寄自谁的手中，

无需去猜是来自哪一座城市，

就像纳凉不必问是谁植的树，乘车不必问是谁修的路。只要记着，在远离你的地方，有着为你默默祝福和祈祷的人。

1992年6月

独行

这么多年独自前行

风中雨里

常常忘却的是身后远远伫立的你

往日的梦是一生只有一次的机遇，潮湿的情感海滩上，彼此被幸福地劫难。从此，生活便有了一种全新的意义。

之后的日子却平静如水

之后的微笑不留痕迹

从此，总想远离安谧、远离温情、独自到外面闯闯，寻找一片波澜，寻找一丝激荡。

有一年冬日，告别喧嚣的都市去独自远足，忽然有一种内疚弥漫了心思。

午夜梦醒之后

想起，该给家中的妻，买一件御寒的风衣。

1991 年 12 月

梨、苹果及其含蓄

1

黄昏的翅膀扇动着，时间之鸟栖息于夜的枝杈。熟悉的是你的足音近了，陌生于那叹息一样沉重的行走方式……门，在你手下缓缓启开，你忧郁的目光笼一层灰色的雾，使我蓦然看不清你，就像我此刻看不清窗子外面走动的人和站着的树……

“我们分梨（离）吧。”你终于说话了。迟缓地从包里掏出一个橘黄色的梨，像托着一个温馨而圆圆的梦。

我惊骇迟疑于你的举止、你的言语，你的一语双关？

你终于又掏出小刀，把梨分成两半，圆圆的梦变成了残缺的现实，我从没有这么仔细地看过你，你的身高，你的眼睛，你的心思。你恐慌地转过身去，莫非你是懦夫，竟不能面对自己？你的身影那么遥远，可不再模糊。你忧郁的雾是方纱巾，擦亮了我的这一瞬间……

鲜嫩的梨，在你锋利的刀刃下，一半向东，一半向西，刀痕所至是一条河，是永恒的距离，缝隙中有那么多那么多的梨水汁，是泪滴，你的，我的……

2

窗外街头上的灯都亮了，一切都变得明朗。在你说告别的时候，我不再忧伤。

我拿出一个苹果，摆在我和你的面前。

我拿起你用过的那把小刀，却始终未曾切开，未能切开……

“这是我的礼物”我把完整的红苹果放在你的面前，“愿你平平安安”。

你没有接，却忧伤地哭泣起来。

3

你走了，我却悄悄地哭了。只有桌子上那两半梨和一个苹果呆呆地在对话，像毕加索笔下的现代派作品。两半梨张开口欲言又止，红苹果默默无语。

那梨是你吧，或许不该说出那句沮丧的话。

那红苹果是我吧，或许不该对你缄默那忧伤的往事……

1987 年 9 月

与你的影子对话

我感觉到了

在你凝视的目光里，我的身影是一堵脆弱的墙，正无力地倒塌。

瞬间的怯懦与迟疑，

意味着永久的失去。

这是最后的告别了。雪花正无所顾忌地飘落着。

为什么夏天的故事总是在冬季结束

在这个时刻，在这个夜与昼交替的地平线，你的身影远去了，迷惘了我的这一瞬间。

怆然的日子

心的旷野一片苍白

想去追寻你的足迹

却在迷失的迟疑中定格了人生的许多憾事。

1989 年 12 月

诺言失踪已久

1

我们曾在海边的沙滩上，天真地用积木搭起一个小小的屋子。

把诺言悄悄地藏在里面，把幻想藏在里面，便忘情地冲浪去了，我们等着夜色来临，去小屋里让诺言兑现。

2

起风了，我们捧着五彩的贝壳回来装饰那美丽的时刻，却不见了沙滩上的小屋，身边只有黑色的海像只怪兽在沉重的喘息抑或疯狂地吞噬一切。

3

从此，我们便成了两座岛上的主人。
彼此遥遥相望，听涛声依旧，念生命之舟渐去。
诺言失踪已久，无力回寻
我们像礁石一样默默相视，无言以对。
也许还能够再搭一个小屋，可还会是当年的积木吗？

1989 年 5 月

感受一部悲剧电影

你曾说过，要给我 18 岁的生日晚会出一个谜，让我猜出谜底。

你看着我，眼睛也像猜不透的谜

18 根红蜡烛吹灭已久

20 根红蜡烛也已吹灭，我依旧未猜出，你的谜语成了一扇紧闭的门，一步之隔，是两个世界。

一把生锈的锁沮丧地挂在那里，我翻遍所有的口袋，没有找到钥匙。

有一天，在一个黄昏时走近了你的门。

面前是另一个世界。

你无言，默默地看了看我，叹息着转过身去，平静的表情让我感到灵魂的恐惧。

我终于看见另一个高大的身影，正挽着你的手臂从我木然的面前与你同行而去。

我仿佛在感受一部心酸的悲剧电影，自己却又像是剧中的人物……

1990 年 3 月

再唱一遍的歌

许多年后，有一个时刻。

只有我和她面对面地坐着，如两尊庙寺之佛，无语已久了。

她说：为我唱一遍那首我们曾唱过的歌吧……

我唱第一遍的时候，她很平静，没有说一句话；

我唱第二遍的时候，她开始哭泣起来，多情的泪水淋湿了我缠绵的愁绪。

当我唱完第三遍的时候，却发现她已不知去向。这失落的情感，何处可寻？

我只有弯腰捡拾起这曾包藏已久而今痛苦打开后又抖落一地的零乱思绪，匆匆拾起，悄悄而归。

踏上归途，却听到身后响起了她熟悉的歌声，正是我们曾唱过的那支歌。

那歌声正向我走来。

我不知是前行还是回归？

1990 年 3 月

以夜色为界

以夜色为界

两面是我们分驻的领地。

整整一个夏日的热情，在营造一座层层叠叠的故事。

等待着壮烈的牺牲或者死去活来；等待着一场初雪静静的覆盖……

不曾想过，会有一场意外的风暴，瞬间冲毁了心中所有的隐秘设施。

战争始终没有发生。

生锈斑驳的枪弹里，再难聚起情感的火力，

彼此无法征服对手。

只有等待。

蜘蛛在眼睛里结了网……

情感的战场上，残酷的平静，无休无止的战争依旧在延续。

1989 年 7 月

限界

毕竟有一座山生长着，

我们只能是流淌着憧憬的河流，从冬到春，从夏到秋。环山而来，沿山而去。

就这样日复一日，年复一年，

常会有歌声沿山脊飘动，

迷蒙的雾在夜梦之后开始笼罩河床。

始终是这样，隔山而呼，隔山相望。

你从你源头而来，我沿自己的感觉寻找流向。

预期的汇合处遥遥无期。

渴望有一次不规则的蜿蜒，将生命融为一体，或者化作瀑布，做一次壮烈的辉煌，然后在远方消失。

然而，每一个日子都充满了形状。

我们只有永不停息地流动，潮湿的思念，在水草和泥土下默默地浸透、蔓延。

1989 年 11 月

冬天记忆

你悄然出现在我面前。

暮色正从你的长发上垂下来，

映衬着岁月留给的几分庄重几分成熟。

这是冬天的邂逅。

也许是同样来自那片多雪的土地，我们才注定相逢在苍茫的冬季。

世界只有我和你。夜色使许多看不清的预感茫然膨胀，无言的凝望会使人陷入一种痴迷。疯狂而平静的欲念像盛开的罂粟花，危险而美丽。

我为你朗诵了一首关于爱情的诗，你却无动于衷。

窗外，风的哭泣已停。

我发现，我们彼此都很平静。

1992 年 12 月

青青苔藓

你永远只能死死地蛰伏于那块青青的石板，将几许淡红淡绿隐藏在其间。

远离阳光

远离劲风

只有用一片潮湿的情感喂养着绵绵的回忆

依附是你唯一生存的方式

你有淡绿，却生长不成歌唱的绿叶

你有花影，却永世成不了太阳下微笑的花朵。

你只是将自己的一身，系于一块厚厚的石板。

生于石板，毁于石板；图腾于石板，压抑于石板；幸福于石板，受难于石板……

日日月月，岁岁年年

虽生死相依，你却难以摆脱永恒的寄生和依托。

这样的爱恋，究竟是甜蜜还是苦涩?!

1992 年 8 月

让我平静地离开你

1

此刻，黄昏向晚。

这样的氛围，已用不着你含蓄的小诗做出暗示，我知道，该是说告别的时候了。

请让我回眸
然后，独自拭去眼角为你哭泣已久的泪滴
窗外之风，怎能读懂我这心思？

2

便如落叶便如叹息旋落于地，
便如阳光便如浮云默默隐去，
你听黄昏的步履已至，你看浓重的夜色已至，该是归去的时候。
我相信，一切会很平静。

3

终于，我感到自己在欺骗自己。

我努力装扮自己，让一颗难以平静的心在你面前平静成一泓安谧的湖水。

这湖水是蕴藏的心浪

这湖水是积蓄的眼泪

4

望着你

我感觉到炎热感觉到寒冷

微笑和眼泪都源于你

你是火、你是冰

5

我不该这样平静

我只能这样平静

也许，有多少倾身的爱恋，就有多少无言的结局。

6

告别的时候，让我再回过身好好看你。

我曾说过我不再哭泣，

可此刻的我，却又忍不住泪流无语。

回归的路上，夜空已撒满宁静的星光。

1992 年 7 月

阳光之恋

——写在夏至

1

从这一天开始，你重新回到了我的身边。

愿你的柔光从那寒冷的冰川极地愉快地回归吧，我的心在为你深深地祈祷。

2

为了你如期的回归，我早已站成地上一株绿树，尽情等待着你的沐浴。

且让我们互相微笑致意。

你拥有我，我拥有你。

这是你经历漫长跋涉后生命再生的时刻。

你的光泽晒干我心灵的积水，我也会因此而获得新生。

3

曾经感受过你淡淡的照耀，曾经与你不期而遇，曾经为你冷冷地远去而独自哭泣，曾经为你无所顾忌毁灭自己而深深惋惜。

其实，你的每一次闪烁和自新都会铸造一个全新的自己。你每一次的回归都是你的生日。

我们并不陌生，从我感觉到你存在的那天，我就注定无法离去。

4

久久地期待着你的到来，不死的信念如呼吸从未停止。

我是抛弃所有禁锢从严寒的桎梏中冲涌出来的河流。

我是从冰冻土地中挣扎出的一丝倔强的春意。

我是沙漠中永不退去的绿洲。

我是你田野上虔诚的向日葵，是你永恒的恋人。

1990 年 3 月

你的微笑

是雨里那瓣悄然绽开的紫丁香吗？

是雪中那朵凌风傲然的腊梅花吗？

呵，你的微笑。

在我忧郁的目光，潮湿的情绪，寒冷而苍白的心之旷野……

你的微笑，是最温暖的太阳。

如烟似梦的记忆中，我有过被冷落的讥笑，被奚落的嘲笑，甚至冷笑，甚至得意与失意的哈哈大笑……

谢天谢地，这些早已化作眉峰抖动后自新的力量，成为遥远而淡漠的过去，只有你的微笑，像蒙娜丽莎一样迷人的微笑，淡淡而含蓄的微笑，给我无限的情思……

呵，你的微笑，是永不凋零的花朵，盛开于我人生漫漫之途……

1988 年 5 月

开始感觉有风吹过

1

多少次从你的身边走过，却从来没有驻足。同一座城市里，我们各自孤独的美丽。

当我无意走进你的故事，却成为一个难以离去的听众。你的故事生动而美丽，你的身影如此熟悉。

读你千遍不厌倦。

在我随着人群走下去的时候，蓦然回首时，才发现你艳美的一枝。

2

相对无言，相对无言。

仿佛已静静地等待了多少年

仿佛已默默地呼唤了多少年

而一生的怨，却在这迟到的相逢中品味穷尽。多年前的一滴眼泪终于为你而流了，苦涩而沉重的眼泪流在故事的结尾。

也许，我是你故事中最悲伤的听众。

3

开始感觉有风吹过，苍凉的雨恍惚间覆盖了我生命的夏天。

也许，这是一个美丽的过错，可执着的我，已无法回头。

1993年7月

苦涩的橄榄枝

1

总记起你的目光，那片曾撞碎我尊严的瞬间回眸，像一方温柔的纱巾，擦去我所有的忧伤

那是一片温暖的光亮呀！

眷恋而执着地远去了，记忆的脚步，却始终走不出你的目光。

2

时间之潮水缓缓退去了，留在记忆沙滩上的是倾听往事的贝壳。

3

你暮归的风帆，已从我的湖面渐渐远去，而爱的晚霞却至今还没有消失……

我心灵的脚步，在感情的沼泽中徘徊，

总想踏出回声。

4

那时，我们本该是友好地平行而去，可你却转过身，要我做出一次选择。

你昂起纯真的面孔，像虔诚的向日葵，燃烧的芳唇微微颤动着，为我绽开一次壮烈而辉煌的诱惑。

距离这么近，风轻轻。

拒绝你吗？默许你吗？

5

足音，伴着秋日枯叶叹息飘落，离去了，可总像在走近。

远了、近了、轻了、重了，哦，足音。

不去、不散、不离、不灭，哦，足音。

这一切都属于窗外，我默默地等待。

足音，总踩痛我的思念。

6

会有冷月清秋，会有天涯孤旅，失望和希望纠结着，而忧郁却不能在我的眼里永驻。

微微薄雾时望着美丽而温柔的夕阳，我知道，黎明玫瑰色的手，会赠我一枚甜甜的新太阳，会有晨阳初照的道路像手臂一样向我伸来，为我伸开。

7

爱情走到尽头，便是冷漠与分离。

也许有一天，你的小舟会偶然停泊在我的码头，那时，我只有一个小小的乞求，请赠我一朵开着真诚之花儿的微笑，让霎时的照耀晒干往日潮湿的回忆和心灵的积水。

8

你的心多像那曲折的海岸线呵，渴望着海浪的亲吻，却从没有走向海的深处，没有。

几许渴念在等待中爬满暗绿的青苔，就这样，风过雨过，岁月沧桑，多情的目光变成岸边相思的礁石，面向大海，无言地凝望。

1988年9月

错落的情绪

你没有错，我没有错。该诅咒的是无情的岁月。

多少年了，仿佛都在寻找你的岸，沉浮的心是一叶漂泊的小船。

相信相爱的人总会有缘。可花期已过，此刻的凝视，犹如默默相望的山峦，无言的树木说尽了所有的言语。

此刻，让我好好地看看你，让我静静地伫立在你的身边，真想让这一刻成为永恒。

也许，这是命运里一次注定的相聚，但握手之后，才发现彼此错落的位置。

相近且遥远

陌生而熟悉

且让我对你说声谢谢

请别匆匆垂下你的眼帘，转过身去。告别之前，且让我勇敢地看你看你

然后，在你轻轻地回眸中

快乐地死去

1993 年 7 月

怎样的结局

相遇之后是相别

相别之后是相思

不知道相思的后面是怎样的结局?

今夜的我是漂泊的浪人，我在苦思冥想另一个人。一次次地拨响那个熟悉的电话，一次次却是无言的结局。

没有知觉的身影在夜色中飘浮。

梦醒时分，却听到有凄凉的雨落下，我在想，此刻，你是否需要一把伞，让晴朗的天伴你前行。

于是，我独自穿过雨幕，走向你。

也许还将入梦

可孤独照耀的夜晚，我已注定无眠。

无眠之后，又将是怎样的结局

1993 年 7 月

在同一座城市

之后的日子平淡如水。

时光增中有减，即使我们踏上同一座立交桥，也不曾发现阳光温暖的昭示。

路与路交叉而过，没有留下呼唤的回声。不再走进你的故事，为的是彼此平静，愉快地远离一种结局，却又渴望重温一些往事。

在同一座城市里，岁岁年年，如期而至，总是一张薄薄的贺年卡，夹着难以名状的话语。

呵！厚厚的心思，被岁月之手一块块剥落。渐淡渐浓，都是你的名字。

1990 年 8 月

佛乐之外

1

走过许多的路，才靠近这三十岁的墙。

伫立在门外，才发现遁入的是佛门。

一面是红色的寺庙，一面是灰色的尼庵，听佛乐阵阵，我一半清醒，一半迷蒙，看殿梁上条条清规戒律，我不知驻足，还是前行。脚步的前方是一扇扇空空的门。

大悲大彻、大悟大醒。

2

香雾弥漫，法轮常转。

这是远离红尘的一方净土。多少人都躬腰于此，不悔此行。

为什么高楼已万丈，可佛殿总是高于人群。我和许多人一样，重复着同一个姿势，可相同的身影下，谁又能说得清，多少祈祷与祝愿倾吐之后，会吹过吉祥的风；而多少的梦想又能成真。

3

也许，开始与结局一样，都是一条伤感的旅程。

黄昏的背后不是最黑的夜色。当你瀑布般黑色的长发覆盖了时光的呼吸，夜晚的星空下亮起的互耀的星辰，便是我们凝视的眼睛……

也许这是命运里一次注定的相聚，只是花期已过，彼此早已错落的位置告诉我，我们不再是最初的自己。

能向身后的佛门倾诉吗

是世界改变了我们，还是我们改变了世界?

1994 年 3 月

空位子空了很久

1

阳光直率的照耀，使这个正午明亮得实实在在。

有一种预感告诉我，这不是等待的时刻。

可无法回头的我还是把一个悬念留下，让你书写一个注定没有结局的故事。

2

就这样坐在临街的淡蓝色酒吧，喝一杯加糖的麦氏咖啡，静静地等待。

躁动的心透过乳白色的百叶窗向外凝视，等待着

你的轻轻步履

优美的钢琴曲不知从何而起，是来自理查德·克莱得曼先生那双充满天才和灵感的手指。

阳光款款拂过桌面，又滑落到地下。你依旧没有到来，四周的方桌领地已被相约的人侵占。

只有我独自坚守着

坚守着我对面那个空着的空位。

3

我同对面这把椅子一样
被冷落在这正午的时刻，这把椅子因为你的失
约而落满寂寞。
几次拂窗而去的恍惚人影，似你却始终不是你。
莫非你也将是这个故事中匆匆的过客。
墙上有钟声隐隐响起
等待依旧遥遥无期
等待的时刻，我感觉额上有一条疲倦的皱纹像虫在蠕动。

4

咖啡开始变得苦涩。
身旁钢琴曲中漂泊的人群都已散尽，只有我的
那份痴情依旧虔诚地守候着面前这把空空的椅子。
漂亮的木偶般的红衣侍女正远远地看我，仿佛在嘲弄一个漂泊的人。
我开始问自己，等待是否荒唐。

要一杯“蓝带”啤酒来缠绕自己的情绪，要一听“五星”装饰暗淡的心空。

独饮独饮

酒一沾唇，悲伤和孤独便开始无尽地弥漫，成为我的两只不再守望的眼睛。

5

此刻的我
去意徊徨

其实，从没乞求过，与你牵手。你见或不见，我就在那里。

而你终于没有来。淡淡的一个借口，留下一道无法抹去的深深的痕迹。

一切仿佛才开始，转眼却又消失。

莫非，这就是期待已久的结局。

你始终没有到来。就象戈多。

留下的空位子，空了很久。

1991 年 3 月

生命的跋涉

1

如果所有的日子都没有鲜花；如果所有的道路之门都已关闭；如果所有的目光都缺少温柔；那么试着用左手握着右手，给自己最简单的温暖。

或请你伸出你的手臂，握着我的祝福。我的祝福没有声音，只是一朵不败的微笑，生长在我们相逢的季节，任你采撷出力量。

2

你是不幸的。不幸同生命结伴而来。就像白日的后面总有黑暗的影子在匆匆追赶。

那一年，你未及站稳，面前平坦而开满鲜花的路便悠然成为一座垂直、陡峭而狰狞的山，而鲜花却化作山上冰凉的石块。一阵风，把你漂亮的太阳帽吹跑了，于是白色而炽热的阳光便垂直而疯狂地倾泻而下，落在你纯真如清水般的眼睛时，却成为一片遮掩光明的黑夜。

3

那么，人生便如沙漠，需沉重而漫长的跋涉，需让赤裸的灵魂在饥渴中经受炼狱之苦，需穿越荆棘之丛，让风沙包裹滴血的双足以及目光，成为生命超越一切之精灵。

然后，把这一个个干燥而神秘的日子整理一下，装订起来，成为记忆中一段骑士般的传奇。

4

你记不清了。却又恍惚觉着：

你忘记了自己，整整七天，这是你生命中不知去向失踪的七个神秘脚印。你好像到很远很远的地方去了，虽双脚为邻，却依然是独自一人。

昼如夜，夜依旧是夜。

5

你感到自己被不知不觉地绑架了。四周全是白色，说不清是恐怖还是安宁。手和脚都拴着乳黄色的绳索，那绳索中有很多亮晶晶的水在流动。也许，只有绑架，你才重新感到自己存在，你很想知道你那七天的踪影。于是，你睁开了眼睛；于是，你又感觉到，疼痛与困乏像个沮丧的孩子，调皮而可恶地扯着你的衣袖。

四周无人，你开始学会了悄悄地哭泣。

6

如果太阳和月亮都没有光明，那必定是一种可怕的威胁。

此刻，这么多如石之沉重的夜色压在你稚嫩的年龄，我诅咒命运。

多么渴望我的手臂是岸，会接过你疲倦的旅行；我的目光里能有一股清爽的风，吹去你目光里太多的忧郁。

7

倾斜的世界。

道路在你的脚下摇摇晃晃，如醉汉。

你的身影那么孤独、憔悴，如远去的鱼，如种下便会被狂风肆虐拔起的小树。你在没有掩饰的世界里行走着，赤足而行，渴望穿越这苍白的岁月……

多么渴望，能成为你的一个支点，为你撑起一个宽阔的平面，让你脚尖立地，来个美丽的芭蕾，舞姿优美而潇洒。

你的身体在飞，生命在飞。

1988 年 12 月

第三辑　寻梦

一只鸟在汽车挡风玻璃上死去

1

每小时 160 公里的高速路上，我看到一只鸟猛然撞上了汽车的挡风玻璃，砰然的响声只是瞬间

我看到，一片羽毛粘在沾满污浊的玻璃上

2

我知道，田野上一只鸟已经死去，我想举手加额，在胸前画个十字

真的，有点隐痛

3

午后的阳光下

汽车继续在驰骋

4

多年之后，我一直记得，有一只鸟在挡风玻璃上

折断了飞翔的翅膀

2011 年 4 月

看着一只苹果慢慢烂去

树上的苹果，开始是鲜亮的，还有淡淡的香，没有人去碰这只苹果，风里雨里，

苹果孤独地悬挂在枝杈上

后来，我看到苹果坠落在泥土里，变黄变黑，一只苹果慢慢烂去，没有了光泽与馨香

然后

化作泥土

岁月轮回，生生息息，

谁会关注一只苹果慢慢烂去

2011 年 4 月

羊的泪

草原的深处，旅行的异乡人，在踩踏了草原之后，又渴望美味的羊肉和羊汤……

于是，好客的牧人在栅栏里四处抓寻
每一天，都有不幸的羔羊
被送上屠宰的灶台
草原无语，只有大片的白云在天空上缓缓飘动
异乡人载歌载舞，驰骋纵横
我看见羊圈里的羊
眼里都含着泪……

2011 年 4 月

我看到翅的挣扎

淡蓝色的火焰
在餐桌的酒精锅下燃烧
美味中，我看到翅的挣扎

杯与杯的碰撞中，人们在微笑，演绎着弱肉强食的法则
谁会看见
鱼在大海深处哭泣的颜色？

无鱼的翅
来自遥远的海
悲剧的故事，从血腥的旅程开始

后来，人群散开
我看见餐桌上
翅的碎末，作最后的飞翔

2011 年 4 月

哭泣的草原

为了发财，很多人去草原上，
挖一种叫发菜的植物
发菜长在草中
挖发菜的人
把铁锹狠狠切入草原
于是，草原上遍布深深的伤痕

被践踏的草地上，草叶开始枯死，而餐桌上的人
还在等待美味的发菜汤……

2011 年 5 月

鸵鸟

就这样把头深埋下

让飞翔静止，让奔跑停息

此刻，你已预知

沙尘暴将会来临，无边的沙尘已从远方出发

沙漠上，你孤立无援

你是孤独的，无力抗争，无力改变。

只有把头埋在沙丘里了，等待着沙尘暴过去，也许，这是一种生存方式。

有时，我们也需要像鸵鸟一样，需要一个沙丘，把头埋下。

2010 年 12 月

那些人的面孔

1

从那一天开始，那些人的面孔变得迷离；那些人的名字变得不再熟悉……

曾经熟悉的声音，而今不再熟悉；曾经握过的手，转眼间是冷漠的距离。

谁是谁生命中的过客

谁是谁生命中的轮回

2

那个夏天，我开始想抽支烟了。

把孤独的夜点燃灼伤……

记忆的山坡上，那些盛开的花朵，曾经绚丽的花季，此刻，如此令人怀念。

3

黑夜过后，当黎明的脚步还未到来之前，我必须跪下，弯腰把自己伤口上的血迹舔干。

心中泪水成河

眼里泪比血红

晨钟暮鼓间，那些人已像云烟，从生命的天空飘过……

我踩着露珠独行

草叶上阳光已开始闪烁

2011 年 7 月

沉默

1

大山沉默着无语
把所有的心思
站立成山峰上凝望的树
树是山的语言

2

大海沉默不语
死一般寂静
与岸上的礁石相互凝望
所有的海水汇集成汹涌的波浪
沙滩上反扣的小舢板
渴望着回到大海的梦想

3

天空沉默着无语

飘浮的云

正孕育着雨的吟唱

太阳、月亮与星辰的轮回

永远是在沉默中交替

4

陆地沉默无语

沉默也是坚强

面对咆哮而来的巨浪

礁石面对大海

挺起胸膛向远方眺望

2011 年 4 月

那个夜晚

1

那个夜晚
我是无助的，像荒原深处一只奔跑的黄羊
孤独、恐惧、无望、茫然……
只有不停息地奔跑
猎人的子弹在身后呼啸着。
星光下，我只有咬着冰冷的牙
向着远方奔跑，死去的路躺在地上……

2

那个夜晚，我是无助的
我在茫然中挣扎
像被群狼在荒原上追赶着

3

那个夜晚，我感到绝望的痛与麻木

夜色沉重如铅
渴望自由的风
从心底吹过

2010 年 10 月

夜深圳片断

摇滚乐疯狂地撞击夜的胸膛，舞池里飘荡着陌生的欲望。

灯红酒绿，少女之唇如血，涂抹夜的面颊，轻歌曼舞，男人之手如蛇，蛰伏在夜的深处。

很多女人像花瓶一样等待

很多男人像幽灵一样出没

微笑和手臂都伸过来了，与你同乐，如久别的情侣，爱与爱没有距离，而将钞票装进口袋之后，留给你的便是陌生的面孔与背影。

女人把自己赌进黑夜，也许每一次的归属都是陌生的驿站，而男人永远是过客。

1993 年 7 月

生命之痕

一月的北方

寒风在嚎叫，寒风为季节而歌，而我的爱人则为一个新生命的到来而呻吟并阵痛。

汗水、泪水浸泡着漆黑之夜。

从妇产大夫平静的身后飘来的是一声声的哭叫，门外的男人罪人般地徘徊。

也许，所有的生命都是从痛苦开始。

血红之夜、苍白之夜、痛苦之夜、欢欣之夜

黎明在前面依旧平静地等待着这个普通的日子

如果可能，我将告诉未来的孩子：记着，你的生命是从母亲腹上的刀痕开始。

1993 年 9 月

梦海

1991 年 1 月 2 日。北方寒夜。

长街旁一间拥挤的八平方米小屋

阵痛的女人躺在我的身边，她是我的妻子。

在远离海的地方，她梦见了海。最初的海水湛蓝湛蓝，之后的海水却血红血红，于是，一匹无所顾忌的小马便从海的深处奔来。

在午夜最寒冷的那刻，在她停止了阵痛之后，儿子开始了哭叫，向世界宣告着他的到来。

以梦为马，以海为名，梦海便成了儿子的名字。

没有费力去翻寻词典，寻找华丽的辞藻，为儿子的明天装点。人生不过如梦，唯愿他的情感像海一样深沉，生活像朝霞一样绚丽，渴望他的心灵如海一样辽阔。

梦海，一个充满诗意的名字

梦海，一种走入浪漫的境界

1994 年 6 月

画家印象

1

阳光潇洒地
注满天空
你进入了一种想象
画笔滞留的片刻
风景绚丽而又依稀

2

面前辉煌的宫殿下
有阴冷的风在吹
你举起双目凝望
半是仰慕
半是审视

1989 年 5 月

季节之误

久久期待的是一场静静的雪

纷纷飘落的却是一阵凌乱的雨；

常常是这样，寻找安宁，却碰上烦躁；渴望永生，却异常短暂；追寻平坦，却有说不尽的坎坷；想走一条光洁的路，落脚时却是满地的泥泞；深夜的街头看到一个满脸微笑的人迎面走过，正想上前握手想成为同路人，却见那人手里拎着亮晶晶的匕首……

从季节之误又常常误入人生之误，脆弱的心一次又一次感受骗局，感受误差。

这一切也便如我的爱恋

一路漂泊

1992 年 5 月

暴风雨过后

晨。暴风雨丢盔弃甲，从黎明的地平线仓皇而逃，把残缺的夜留下。大地，像阵痛后的少妇变得安详而宁静。

路边，我看到一棵几米高的树被无情的暴风雨折断，残倒在淤泥中。我感到深深的惋惜，这可诅咒的暴风雨，使这翠绿的追求失去了生命。这棵树，也许会在炎夏为人乘凉，也许可以成为建筑材料，也许……

可是，她在暴风雨中死去了。

我低下头，默默地凝视着被折断的残迹，猛然，我发现这棵树的树心已全部腐朽了，我一阵惊诧。抬眼望去，她身边的几棵树正郁郁葱葱，充满了生长的活力！

呵，也许该感谢这曾被我诅咒的暴风雨，是它，让我看到了真正的生命，而一切虚伪的存在的形式都是不会长久的。

1986年5月

心绪

说不清缘于什么

因为一场淅淅沥沥的小雨，我会莫名其妙地哭泣；

因为梦中一次意外的邂逅，醒来后双颊是清凉的泪滴；

因为落叶叹息般飘落

因为美丽的花朵总是那么短暂

因为贺年片上那疏淡已久却异常熟悉的字迹

因为那次本不属于我们的过错，却错过了一生的花季……

呵，走遍万水千山，跨过百家寺殿门槛，曾经以为看淡了人间的冷暖沧桑，可无人的时候，漂泊的心依旧那般脆弱。

1993 年 7 月

看巴基斯坦电影

以狂热的爱而开始

以悲壮的爱结束，死亡总是爱情的阴影，不幸让爱情跌进悬崖飘向人生的断层。

爱你至死不渝，爱你地久天长。

不同的影名，同样的感受，因悲剧而痛苦，因爱情而痛苦，炽热却短暂的爱如耀眼之流星。

眼泪逾越国界，潮湿不同的皮肤和眼睛。散落一地的伤感，幸福始终在远方。

凄然或许是另一种风景。

看一部电影如翻开一页关于爱情的书，满面吹来的是痛苦而美丽的异域民俗与风韵。

1991 年 7 月

总有一双温暖的手

漫漫的人生之旅。

总是这样独自前行，将深深浅浅的脚印留给每一个日子。

会把痛苦留给眼泪，

让微笑装饰欢乐的梦境。

总是这样努力前行，危难处，总有一双双温暖之手，从身后伸出，携扶我走出踉跄的岁月。

看不清的手，扶我走过夜晚的狰狞和恐怖，扶我走出洪水淹没的夜与昼，走出孤独而寂寞的荒原。

飘雪抑或淫雨的日子，总会有这样一双双看不清的手，在身后给我以阳光般温暖的照耀和携扶。

常常感念，却不知身后的人的名字。

1992 年 2 月

广告女人

闪电般的特写剪辑画面

少女用血红的嘴唇血红的微笑涂抹产品，涂抹荧屏，涂抹观众的眼睛，涂抹夜晚的黄金时间。

习惯了这样娇艳的风景

随便在一个晚上打开电视，便可见如云如花的少女们在袒露妩媚。

画面极其鲜艳，音响层次丰富深厚

少女用裸露的胸部向观众无限夸张产品的功能与质量。

之后的日子，许多人记着少女的身段与艳美，却忘了广告产品的名称。

1992 年 4 月

孤独的鱼

空屋子已很久没有人来了

蛛网尘埃已挂满四壁

临窗的桌上，是主人遗弃的一只鱼缸，其中竟有一只红色的小金鱼在游动。

我惊叹这生命奇迹，在这个寂寞的世界，它是唯一的语言。

谁能说得清，它存活了多少的日子

浑浊的水中，小红鱼仍在不知疲倦地游动，你孤独的身影，究竟为何而生存?

我忽然觉得，街上的许多的人也如这鱼一样

每日游来游去

1993 年 8 月

逃离

1

当你感到沉重的时候，你应该学会悄悄地逃离。

2

逃离是一种艺术
逃离是一种精神
逃离是一种人格
逃离是一种解脱
逃离绝不是怯懦，人生不能没有逃离。

3

面对苍茫世界，芸芸众生，你该记着：
从无聊和琐碎中逃离
从庸俗和虚伪中逃离
从阴暗的心灵中逃离
从孤独的绝望中逃离

从失落的低俗中逃离
从瞬间的侥幸中逃离
从无休止的内耗中逃离

4

当别人在名利场上角逐虚荣的勋章时，你要逃离；
当你翻遍所有的口袋为陌生的病人捐款之后，你要逃离，
你要学会，从生活中悄悄地逃离，逃离的前方是你自己的世界。
但是，有一个时刻你不能逃离，
当你面对邪恶的枪口和淫威的面具。
你必须是一柄没有生锈的正义之剑。
这一时刻，你永远不能逃离。

1989 年 3 月

走出雨的包围

仿佛所有的雨都落在了我正在行走的这条街上。

这一刻的世界混沌而疯狂

前面是雨

后面是雨

天上是雨

地上是雨

我被雨包围着，孤立无援。

你必须走出雨的包围！一个声音在呼唤着我，一个身影在等待着我，一个信念在支撑着我……

我必须不停地行走

1993 年 8 月

零点的街

1992 年冬。京城西北。

零点的街，恐怖而安详

那时，寒风正从 17 层楼的破窗户上疯狂登陆，偷袭了桌上一篇刚刚完工的散文诗的结构。

那时，诗的小屋，开始注释寒冷

那时，有许多的梦都已启程

那时，有许多的小灯都已停止呼吸

那时，有许多的情人已互为归属

而我，正品味零点这条失眠的街，因为孩子甜美的睡姿感觉安详，因为一篇杀人案件没有结局而经受双重恐怖。

午夜的故事里，一半的魅力在于被厚厚的夜色笼罩。

1992 年 4 月

从梦中逃离

1

无法拒绝梦的到来

无法在梦中永存

梦是一片虚幻的天空，你无法选择梦的色彩，梦是匆匆的过客。

梦中常有呼唤，却没有回声

2

梦是一位美丽的少妇，总在你闭上眼睛之后才悄然出现在你的枕边。醒来之后，始发觉美梦不过是一个彩色的泡沫，噩梦只能使你惧怕夜的狰狞。

梦戴着朦胧的面具，希冀之锚不能抛泊在梦的码头。

3

噩梦是在午夜之后开始出现的。

有一只黑色的猫从窗口窥视而来，渐渐向你逼近，那时，你只沉湎于温柔的夜色，不曾提防会有一场不知从何而起的危险袭来。

4

痛苦的呻吟几度响起，涂满汗珠的灵魂痉挛地挣扎于绝望的夜。

意识被无情的绑架

黑色的通缉令沿生命之树叶脉扩散，追踪着丝毫未动却无处可躲的睡眠者。

5

面对梦的围困，你是一座绝望的孤岛，周围是无边的波浪一样沿黄昏涌来的黑色。

梦的牙齿咬着岛上的礁石。

天空很近又很遥远，世界很大又很渺小

没有别的选择，只有迅速地逃离，相信有彼岸和陆地以及生长的阳光，有没有梦却充满梦幻的海岸线在夜色的前面

明亮地等待

1990 年 2 月

寻梦

从沉闷的乌云中寻找一缕新鲜的阳光，
从湿漉漉的草叶上寻找一片洁净的黎明，
许多年之后，你才开始寻梦

岁月的车轮碾平记忆的崎岖，时光在不断地流逝中重复着昨天的轨迹。面对着岁岁响起新年钟声，你常面壁忧伤地哭泣。钟声真实的轰鸣，定格了你心中的许多憾事。

许多日子，你无奈地看着头上的白发一根根地生出，把衰老涂在你青春的领地。

你记起，有很多次拿着黑色的讣告去为套上黑框的老者送行，以一种感伤，交出一些眼泪。也许很多年后，别人将拿着自己的讣告，以同样的表情，去踏同一条小径……

于是，你常陷入一种追寻，一种痴迷。你开始学会珍惜自己天空每一片温暖的阳光，开始喜爱走进每一个清脆的黎明，让新鲜的晨风吹遍你生命的原野。

你开始欣慰，开始把真实和汗水，把阳光和黎明写满每一页日历，可在你心灵深处，有许多向你微笑过的星星已失去踪影。

你无力回寻，
只有缕缕浅浅难以抹去的印痕
不曾失踪。

1989年7月

瞬间礁石

凝重的空气，笼罩着迷濛而苍茫的海。风，带着浪的威武，向着沉寂的海岸冲来……

此时，礁石挺起无畏的头颅，甩自己坚硬的躯体和不屈的信念把海浪撞得粉碎，然后，抖一下身上的海水，又重新昂然翘首，以褶皱弯曲的笑影，笑迎着又一股海浪的来临……

1986 年 5 月

走过黄昏的边缘

就这样开始吧

以一种没有姿势的姿势开始

披一件暗色风衣，打着忧郁的口哨，从拥挤的城市中走出，在昼夜的缝隙中择路而行。

前方是薄暮的田野，有残雪蛰伏于地作蛇的行踪，有许多阳光正在发霉抑或腐烂。

日子明明暗暗，朦朦胧胧

困惑的云朵缀满天空。

一个人独自走着

沿脚下悬崖之丛前行，作一次壮观的冒险，目光沿起伏的沟壑幽谷而起伏，想象那如血的夕阳是怎样以一种垂死的温情诱惑许多回归之鸟迷茫于蓝天弧线。

远处田野很纯朴，脚下有许多灵魂正在纷纷堕落。

走过黄昏，不是为了寻找黄昏；

感受黄昏，是为了体味黄昏永不衰老的凄惨之美丽。

哦，这是一个痛苦的时刻，许多言语尽在冥冥之中。

1989 年 11 月

默默地看着窗外

眼睛透过百叶窗，作秋的沉思。

黄昏已浸透小巷，许多打开的小窗正一一合上，有许多婴儿正在甜美而安详地睡去。

这时候，一个人站在这窗前，能做点什么呢？因为风的失踪，窗前的树变得忧郁而沉默，昔日优美而轻飏的舞蹈定格为宁静的风景。

这个时候，一个人会想起一首忧伤的歌，会想起落日下冰雪覆盖的俄罗斯土地上奔跑的那辆三套车，有马蹄声从心中隆隆响过，敲打之声如墙壁上那悠扬的钟声……

夜色渐浓，我的心不觉随着这俄罗斯的歌声和这三套车一起奔跑起来。

1989 年 6 月

等待下雪

十二月，是等待下雪的季节。

无雪的冬天是单调的冬天，无雪的冬天不是真正的冬天，无雪的冬天是残缺的冬天。

站在十二月的街头，我的身影是期待已久的腊梅。苍凉的落叶正飘满每一个忧郁的日子。

我就这样平静地等待下雪，等待一个银色的梦会悄然出现在某个早晨的窗外。

十二月的漂泊者只有一个心思
等待下雪
下雪，有时是一种安慰。

1990年12月

三十岁是一座山

曾经以为三十岁是一个遥远的梦，可如今不知不觉自己竟也成了这梦的承受者。

三十岁就在我的手中。

我开始把自己比喻成一个负重的行路人，时间之手正涂抹着各种声音和色彩。家、妻子、儿子，这些显而易见的果实正默默挂在生命的枝头，告诉我秋天的一种方式。我感到欣慰和充实，而那生活之外生命之中的歌声、微笑与眼泪也同样美好与真诚，让我懂得永远珍惜。

三十岁的时候，想认认真真哭一次；三十岁的时候，想糊里糊涂地笑一回，不为什么。

三十岁是一首无言的歌，三十岁是一座凝重的山，三十岁的钟声悠扬而冷静，提醒我不再是昨天的自己。

三十岁的时候，儿子两岁，当我帮儿子梦梦的生日蛋糕点燃两根红红的蜡烛时，那跳动的火苗让我说不清这是否就是生命延续的一个过程。

报上每日招聘广告如手中的扑克牌一一亮在面前，薪水和职业都很诱人，可面对三十岁以下年龄限制，我不能不感叹几分。

看到十几岁的世界冠军、二十几岁的球星、拳王、教授，除了羡慕和钦佩之外，在看不见的心灵深处也会有一份难言的苦涩与失落。

三十岁是一座山，山的这面和那面都很艰辛。三十岁不再是犹豫的季节，目光、岁月、河流都该有一种执着的走向。

为我们的三十岁而加油吧，也许，我们原本也很辉煌。

1993 年 2 月

第四辑　守望

石塘

这是离你最近的陆地了。这是我能够到达大陆的最东端。

站在最靠近海水的岩石上，向着大海眺望，仿佛离你近了。只隔着一片海洋。你在异域最西的海岸。此刻，正是灯火阑珊，你是否也在向着大海张望？也许只有海风能懂得，此刻眺望大海的惆怅……

常常我会在地图上凝望那个城市，那个城市的名字就是你的名字。它很遥远，遥远的需要穿越大海的苍茫，它其实又很近，近得可以在地图上抚摸它的沧桑……

此刻，站在离你最近的岛上，向着你的方向眺望，目光穿越万里云端，有一种思念，如不息的海浪，轻轻地拍打着岸边的石上。

2015 年 8 月

硅化木

数亿年的戈壁岁月，在卡拉麦里的地下，你已习惯了沉默无语。

横亘已久，饱经风霜。当那一片远去的森林以及鸟儿的羽翅作为石的形象站在阳光照耀的雪地上，我的心为之震颤。

淡黄、红褐、灰黑……

那阵阵松涛？那声声鸟鸣？在漫长的年轮中化为岁月的风铃！

硅化木，究竟是木，还是石？

伫立于世人面前，是裸露的痛苦，还是重生的辉煌？每一寸的光阴需要多少的忍耐、多少的等待、泪水的凝结……

也许，它宁愿静静地深藏在地下……

2015 年 1 月

伊犁河向西

湍急的河水，沿着冰雪覆盖的河岸奔流不息。

伊犁河向西、向西，这样的流向，出乎我所有的想象。

记忆中大江大河，都是一路而歌

向着东方苍茫的大海归去。

可伊犁河却向西穿越伊犁河大桥，一路西去，流入了异域的山谷。

远方是皑皑的雪山，也许，我需要习惯这样的流向。

隔着岸上的秀美白杨，我眺望从身边日夜奔腾、川流不息的伊犁河，心中充满了向往。

西去的河水，汇聚着走向远方的澎湃。河流也便如远去的亲人，在永不返还的奔流中深情告别，让我们充满思念，牵着我们的向往……

2015 年 2 月

靖宇石

阳光下，

你坐过的石块，依旧是那么坚硬。

汤河湍流不息，青山依旧。

河畔，有一块石，叫靖宇石。

那石块上，仿佛还有你的体温。

路过的鬼子不敢坐上。

青青苔藓，岁岁不息，在石缝间相连生长的野草仿佛是你豪迈的誓言，西征抗日，从这块石头开始。

石头因你有了生命和温度，多少年过去了，路过石头的人都充满了敬仰。

2014 年 9 月

大雪覆盖了你的墓地

一场沸沸扬扬的大雪，落满城市的黄昏，我在想象着这一场不期而至的雪正覆盖着你的墓地。

雪飘进那个忧伤的故事。

陵园中，你的墓还没落成，那只是一堆平凡的泥土，让你的生命有了这样一种悲痛的姿势。跨越苍茫的大海，回到故土，难道只为了这一次绝望的远行……

愧疚、遗憾、缅怀……

此刻，大片大片的雪，重重地落在我的心里。

在你坟头献过的花已经枯萎。

飘落的雪，已把你的墓地静静覆盖。

我站在空旷的雪野，向苍天祈祷，大雪啊，不要那么厚重，不要把你回家的路掩埋的太深……

大雪无痕、大雪有痕。

2015 年 11 月

格桑花在守望

那一晚，天崩地裂。灾难从高原背后袭来。梦中的舟曲被裹挟、被倾覆、被掩埋……

当灾难之城浸满泪水

当风停止了低哀

当雨不再哭泣

当痛苦凝固成记忆

我看到疮痍的泥泞中，那一簇簇小花绽放着生命的无畏与灿烂。

有人说，她叫格桑花，有红色，粉色，也有黄色。她生在雪域高原，美丽而不娇艳，柔弱而不失挺拔，耐得住风寒……

呵，圣洁的高原之花，在风雨中挺立，不放弃绽放，让希望在高原上盛开……

格桑花，在阳光下守望，让所有路过的人，都看到了高原的坚强。

2011 年 6 月

三角梅

以你的鲜艳碰醒冬天厚厚的梦，以你柔柔纤纤的枝杈伸出呼唤春天的手臂。

四月，是你的花季

花语，温馨着每一个日子

尽管会有晚来的风寒侵袭，却挡不住春光中娇艳的一簇。

推开冬天的最后一扇窗子，外面就是款款而来的春天河。

这一时刻，你独自芬芳世界，让岁月绽开独特的美丽。

花亦如人，一生能开几季。

四月的三角梅啊，当我走过这孤独的旷野，始发现这个季节只有你能够抚平我的寂寞。

谁不想拥抱春天

谁不想沐浴在春光里

哦，甜甜的三角梅，让我醉生在你的馨香中，让我梦死于对你的爱恋里。

走在四月忧郁的小雨中，只有你能为我涂抹一片痴狂的绚丽。

1992 年 4 月

江心岛

迎着喧嚣的暴雨；

迎着汹涌的激流

迎着威严的闪电……

你，巍峨地挺立着，以不屈和自信高举着岁月的渴望……你是一座生命的岛呵！

深沉的江水远去了，

飘逝的岁月远去了，

风过，雨过……

只有你，依然伫立在江心，任孤独和寂寞吞噬。在这千里平川，没有崎岖的时空里，你挺立着，从不改变！

1986 年 5 月

山林中拾到的问号

1

在一片密密的柞木林里，我的喊声惊起了一只野鸽子，它拍着翅膀惶恐地窜着，霎时隐匿于绿色的烟波中，一个用树枝和羽毛编织的鸟巢留在了一棵矮树桠上，两棵乳白色的鸽蛋睡得正香。我惊喜地伸手把蛋拿了出来。我满足地准备离去，可当我回头望着空荡荡的鸽子窝孤零零地挂在树桠上，我的脚步迟疑了……

野鸽子回来后，会为失去的而流泪吗？

2

树梢上挂着一缕晚霞。一只归巢的小鸟在欢快地飞旋着。“呯！”一声刺耳的枪声把不幸降落在一刹那绷紧的时间上，小鸟痉挛着、挣扎着倏然坠落下来，破碎了一个美丽的黄昏。

小鸟悄悄地躺在这碧绿的草丛中，静静地睡去了，柔软而纷乱的羽翅上流淌着血滴，她带着好多好多没有做完的梦离去了……

小鸟的眼睛还是圆圆的，但已拉上了一层灰色的帷幕，没有褪尽乳黄的双唇弯弯地闭着，仿佛是在生命的最后一刻留下的一丝痛苦的微笑——

是在笑那“弹无虚发”吗？

1987 年 6 月

拾贝

海浪把贝壳送上了柔软的沙滩，又带走了……

一个穿着红色游泳衣的少女在海边上奔跑着，追逐着欢乐的浪花，寻找大海慷慨馈赠的礼品。

她捡了一个，又扔掉了。好半天，只捡到一个撞破了棱角的破贝。

我却在一块大石头旁边，把手伸进厚厚的沙滩中，摸索着，终于，挖出了一枚长满了花纹的美丽的彩贝。

我想，有时，美的东西总是隐藏着，需要你去发现。

1984 年 7 月

小巷：老人·孩子

那碎石铺就的深深浅浅悠长的小巷呵，像一幅淡淡的水墨画，常常悬挂在我记忆的墙上，老人和孩子的身影从画中走出……

老人爱用白胡子一样飘忽的故事，拴着一群孩子，那青石板的门槛上，老人摇着芭蕉扇，眯起眼睛：从前有个国王……

有一年秋天，老人死了。老人的故事同树上的枯叶一起飘落了。孩子们哭得很伤心……

后来，孩子们大了，走出了小巷，走向了宽阔的广场，他们觉得世界大了起来。

1985 年 7 月

藏族养路女

1

无数白色的蝴蝶，不安宁地舞蹈成疯狂的凛冽，迷乱了静静的高原夜，你粗犷而厚重的藏袍，

裹起女性全部的柔情与线条，

身影走进风雪……

2

一把铲锹，

以坚硬而锋利的语言，同坎坷和积雪对话，让蜿蜒的川藏路

为穿梭的车队

铺写漫长的平安

3

没有灯

温暖寒冷的夜

只有一行炽热的脚印

伸向迷蒙的远方……

1988 年 5 月

谷穗

暮秋。田野。

一片金色的谷地里，一串串成熟的谷穗低下沉思的头，羞愧自己收获的谷粒太少，在一个劲地暗暗祈愿。

几根瘪谷却高扬起头，神气十足地四处观望，是怕别人看不见你吗?

1982 年 11 月

飘曳的思绪

1

夜是在黎明到来之前才悄然而去的，花朵和绿叶上的露珠一定是夜的眼泪。

2

月亮感到自满的时候，她便开始亏损。

3

柳絮是风的附庸，永远没有自己的主心骨。

4

阳光热情过头，便是残酷的虐待。

5

不该惧怕荒原上那森森的白骨，因为那是无畏的探险者用生命留下的路标。

6

我必须无休止地走下去，否则，我脚下的这条路将会和我自身一起死去。

1992 年 3 月

瀑布

一路追寻，一路坎坷，
多少蔚蓝的梦想和激情，
都寄予这不止的奔腾。
以涓涓之水，去汇聚澎湃的图腾。
也许，生命的壮观，
就在于这断层瞬间的轰响。
即使粉身碎骨，也要撞响岁月的辉煌。

1992 年 2 月

回望家乡

1

大海，是父亲宽阔的心胸，
永远为我铺下无边的征程。
波浪，是母亲起伏的柔情，
像叮咛像祝福像颤抖的担心。
而我却是一叶起航的小舟，以帆一样高耸的信念和个性，
延伸着父亲海一样开阔的向往，
在母亲默默凝视的目光中远行……

2

多少年后，才感悟到，人生其实就是一个不断离开家乡，渴望又回到家乡的过程……

回望家乡，从起点到终点，完成自己的轮回。

用距离丈量思念，才知故乡的路途最近，月亮最明。

1985 年 4 月

城市与树

1

总有鸽哨划破天空的蔚蓝
总有温馨的夜曲飘动在夏季

吉祥的风吹来吹去，吹得城市郁郁葱葱，车水马龙，宁静的光芒照耀着我们鲜亮的生活。

2

城市每天都在长高
树也在长高
城市因为树而变得美丽丰满
白日的城市喧闹而繁华，夜晚的城市妩媚而安详。

3

也许，风暴会在夏天的某个时刻突然袭击城市的背后，而城市的肩膀开始毅然承受一种不可推卸的责任；树的手臂伸向苍茫的天空，成为城市遮挡风雨的伞，让许多路人从树旁安静地走过。

4

七月的警察便如树的形象，此刻也站在街头，以冷静和刚毅让慌乱的行路者感到一种安定。

七月的城市，一行行警察是街头流动的树，成为都市独特的风景。

这种流动的树充满血性
会出现在每一个十字路口
会出现在外国元首车队通过的长街旁
会出现在某个血案的现场故事里。

5

七月的警察，就是这样，以一种执着，以一种信念，义无反顾地行走在碧绿与鲜红之间。

碧绿是生命不朽的颜色
鲜红是飘动的信仰之旗帜
也许，城市仅有绿色的表情是不够的，还需要鲜血的允诺。

1993 年 7 月

那尊雕像完好无损

阳光温暖的呼吸

已泊在冥冥夜色中

蓝色的歌谣，在无言的风中纷纷飘落，迷彩服紧紧裹着你的浪漫与柔情，闯入夜与昼之间一个恐怖的意境。

面前的一切都充满未知。

也许，那个被通缉的名字，正向平安的城市讲述一个危险的故事；也许，有一个黑黑的枪口，正对着那尊圣洁的雕像……

后来，在你走过之后，

你身旁的那尊雕像依旧完好无损。

1993 年 1 月

背影

然后。

你深沉的目光眷恋地抚摸着这里的一切……

然后，和我们每个人深沉地握手告别，我感到你手的颤抖，看到你苍老的双眸微笑中闪烁的泪花……

你缓缓告别这里的一切——

告别无数次走过的街巷；

告别这十二平方米屋内破旧的木桌；

你忽然觉得，这一切仿佛都生长出了生命，也在默默地看着你；

你走了，留言本上是我们每个人发自内心的赠言，每一句都是对你往日的注释呀！

你远去的背影留在我们凝视的目光里，并且渐渐模糊了……然而又渐渐清晰起来，定格为我们明天的路标……

1986 年 7 月

舞蹈

你在舞台上舞蹈着，你在人生的舞台上疯狂地舞蹈着。

优雅的舞步节奏明快、奔放有力，昭示着你阴暗的昨天和对明天的渴望……

昨天，你在昏暗的灯光下疯狂的舞蹈，充满虚荣和贪婪的眼睛却迷乱了脚步，滑进了欲望的泥淖……

今天，你明快的舞步，正踏着自新的旋律在疯狂的扭动，卸去罪恶的重负和羁绊，把扭曲的岁月重新拉直呵，悔恨在舞蹈，心灵在舞蹈，希望在舞蹈……

你在寻找着丢失的昨天，你在默默校正生活的误差，你在呼唤春天的足音……

1985 年 5 月

在白色的世界

1

病室的夏夜，是痛苦的夜。重叠的梦压疼无数条飞翔的神经，醒来时则渴望一缕清爽的风。

手术后的疼痛，拉长了时间的概念，多希望，痛苦只是流星般一闪的瞬间，可除了疼痛，我便无选择。

麻木中，我感到世界是苍白的，像白茫茫的盐，没有生命；咸透我怅然的思绪。

于是，我依然渴望有一股清凉的风，从窗外吹来，渴望我没有被囚禁的目光看到一丝云飘来，一弯月映入。

2

世界被倒立着。

昏迷中，我被推进病房躺在白色的病床。在我醒来时，一束鲜花放在窗头，淡淡而温馨的花香溢满病房，给我干枯的心灵一种慰藉，是谁送的呢？

每天都会有一束放在这里，直到我病愈出院，留恋地告别，我也不知道是谁送来这花一样美的祝愿和希望。

呵，送花人，我该以怎样的心情来报答你，你的心像花一样美。你不留姓名，使我会在感激中对世界多一分真诚和热情。

3

步履轻轻，轻轻

白色的身影飘动在病房的晨昏，送药、打针、量测体温。

一双美丽的眼睛，恰似一泓清澈的春水，熠动着对病人温馨的柔情，一双灵秀而白皙的手，在缝补着病人被痛苦撕裂的笑容。

步履轻轻，轻轻

白色的身影像温柔的白云，为病人的心灵拭出多少晴朗的天空；

白色的身影像微笑的风，吹去病人心头忧郁的乌云；

白色的身影像一颗高亢的音符，强壮着病人生命的歌声；

白色的身影啊，像一朵盛开的洁白的荷莲，绚丽着明媚之春。

1985 年 11 月

忧郁的城市

1

是的，城市，这个庞大的怪物，正饥渴地蛰伏在群山脚下这片死去的田野上，同西沉的夕阳一起长长地喘息。

你无法想象，地下水道中的生命之泉正像骨髓一样被无休止泛滥之口渐渐吸干。扭曲而尴尬的河道疲倦地支撑着这片正在缓缓陷落且下沉的土地。

水，这自然之母，孕育着生命的精灵，曾在我们看不见的地下深处温柔而欢快地流淌着，像血液，强健着城市的肌体。甜美着我们的梦乡……

此刻，当我们重新抬起头打量着这座我们祖祖辈辈赖以生存的土地时，却有一种陌生之感笼罩双眼，它衰老了。水，使城市和人都陷入了前所未有的困境……

呵，往昔那丰腴的地下水河道，因为贫水而干枯，正成为一根绑架城市的绳索。

2

推开黑夜之门，我走进了一个清晰的梦中——

城市里所有的自来水管都没有了水，许多人拎着桶跑到湖边，可湖里浮着的是他们曾经扔进去的垃圾；许多人又来到海边，可海已经死了，海面上没有一只船，只有黑色的油漂在无边的海上，成千上万腥臭的鱼在沙滩上挣扎着……

人类无可奈何！

水荒像恐怖的瘟疫，使人类失去了重心。死亡是一朵朵黑色的雪花，正从苍穹飘落。街上到处都贴着布告：永远没水了。

……

早上醒来，窗外阳光正亮，忽听屋外一夜未关的自来水正哗哗地流着，像哭泣；屋角上那水管破裂的缝隙处，有水滴正声声落下，像人类最后的眼泪。

1990 年 4 月

接你回家

——致在海地维和中遇难的兄弟

1

大地在颤抖中将海地揉碎，当加勒比海不再蔚蓝，哭泣的太子港撕裂为世界最疼的伤口。当蓝色的贝雷帽被黑暗压埋，心的碎片像瓦砾般散落，无法捡拾。

这个夜晚来得有点早，死亡像匕首般靠近，黑暗的重量便压在你的胸膛。

2

瓦砾下有我的兄弟姐妹，千里之外，我无力把石块从你身体上搬走。我无力把灾难推开。

我点燃一支蜡烛，为平安祈祷。多么渴望这微弱的烛光，能穿越太平洋风雨的苍茫，为破碎的城市中残垣断壁下失踪的生命映照出萤火虫般的光亮。

3

海在哭泣，风停止了呼吸。当悲怆的汽笛，把心中所有的痛鸣响；当不尽的泪水，把心中所有的记忆和梦想漂白。

接你回家。机翼下，绵延起伏的是千山万水，也是万里伤悲。我伫立在寒冷的街头，等你回来。

也许，天堂里不再有地震、瓦砾和废墟，不再有那看不见底的黑……

今夜我看见满天哭泣的星星，为你守候。

2010 年 1 月

三月的木棉花

1

昨夜梦醒
听雨打芭蕉声声
才知故乡遥远

2

推开春天的窗
望不尽的艳丽
是三月里痴狂的木棉

3

三月的木棉花，不用叶的陪伴
独自盛开
在三月的雨里轻轻诉说
在三月的风中深情歌唱

4

三月的木棉花
总让我想起，那场久远的战争
那时无论是边关还是哨卡
无论是乡村还是城市
伫立的木棉花
会让归来的英雄热泪盈眶
找到思念的家

5

多少年过去了
三月的木棉花，依旧凝聚着人们，不变的敬仰。
三月的木棉花，让多少走过的人
把脚步放慢，把赞叹留下
有人说，木棉树落尽了花，叶才开始一片片生长……
我常常回味，这话中的滋味和分量

2004 年 4 月

往日

层层叠叠的日子垒起绵延的山，山的那边是往日，是依稀的残雪。

那年夏天，阳光温柔地抚摸之后，有残雪融化，有圣洁而冰冷的泪从嶙峋的山石间忧伤地流下，流成心中无声的河。

常常独自回身——

看一幅绚丽的油画渐渐斑驳，听一曲感伤的“梁祝”是怎样隐匿于眼睛深处那一泓忧郁的湖泊，并且默默体味寺庙里那支烧不尽的香火前，那个美丽的红衣少女，是怎样虔诚地拱手，弥漫在人世的黄昏与玄静的佛境。

呵，往日是一把墙上挂着的七弦琴，静夜时，隐隐间有风掠过，有琴声响起。

往日是一间挂着锁的尘屋，许多故事被囚禁在里面，一条灰色的通道和一个背影从这里延伸开来，悄悄伸向梦乡。

往日是一枚青青的橄榄，是岁月之唇上一滴苦涩的往事，丝丝缕缕的清香，喂养着绵绵的回忆。

1989 年 4 月

眺望谷地

1

目光掠过版画般的谷地
我遥望古朴的远山
铁马蹄声正隐约
敲打空寂的河岸

2

岁月的风铃
摇曳出历史的几许疏淡
悠悠天地间
能飘扬几多不变的诺言

3

只有傲立的花朵
举起鲜艳的旗帜
诉说生命的渴望……

1997 年 9 月

热爱生命

1

珍惜是一种美德，珍惜需要一颗热爱生活的心灵，曾经翻开一本哲人的经典，隐约记着里边有这样的话语：生命的过程是一个痛苦而短暂的瞬间过程，悲壮总多于浮欢。于是，无忧无虑的我开始翻开一页页的人生之页，品味生命的滋味。于是，我发现生命的田野上毕竟还开放着许多真诚和善良的花朵，有着浓浓的原始纯朴情感。有着几许足以让你回味和留恋的东西，于是，我开始渴望一种不朽的温情回归，努力回味生命中一些可爱且生动的细节。

2

每每这时，便似乎有一种满足的感觉，撞击心灵的是无法阻止的倾诉。拥抱自然吧！有一种声音仿佛在呼唤。举目眺望，那黛色山峦下碧绿的稻田，起伏的麦浪夹着清香迎面扑来，天涯无处不生的小草，塞北山民般朴素的油菜花以及草原上白云般飘动的羊群……大自然造化的万千生灵与颜色，都让你感到生命的丰富与多彩。

3

站在这片我们祖祖辈辈赖以生存的土地，倾听阳光，抚摸温柔的空气，看时间之河缓缓流动，你不能不强烈地感受到大自然的无私与慷慨，她给予了人类以及一切有生命的东西以多彩的元素。

4

也许上帝造就了夏娃和亚当，只给了世界一个有生命的现象，而人却发现了自己，发现了生命的本身是一个奇迹，你看，一个精子与一个卵子的结合便是一个新的生命，而且赋予你耳朵，倾听声音；赋予你眼睛，寻找光明；赋予你鼻子，嗅出气味；赋予你手与脚，五脏与器官，赋予心灵与思维……这一切，简直是无法释疑的密码，这不能不说是生命的奇迹，这是远远超过山川地貌奇观的最大奇迹。

每每这时，我又想对自己和朋友们说，热爱生命吧！

1990 年 10 月

一个时刻的随想

1

无法阻止心灵深处永无宁静的倾诉
难以抹去记忆中那深深浅浅的脚步

2

常常感觉，生命是一种奇迹，是一个在欢乐与痛苦中挣扎的过程。

世界很大又很渺小
天空很近又很遥远

3

无论是绵绵的雨季，还是初雪覆盖的冬天，我总喜欢一个人静静地随意而行。让目光一次又一次接近天空，接近自然。

日子也许会平静如湖水，可谁又能不让流浪的心绪去漂泊呢？

4

走遍人生的荒原，寻找一片爱的绿洲。

唱着来唱着去，泪流满面，我为谁而歌？

5

“一代过去，一代又来，大地却永远存在，太阳升起，太阳落下，急归所出之地，江河都往海里流，海却不满，江河从何处来，仍归往何处……”每每吟诵《圣经》中这段话，便总有一番感慨涌上心头，谓生命之短暂与岁月之亘古漫长。

6

面对着脚下这片赖以生存的土地以及天空那轮照耀我们生命的太阳，我是田野上一棵永远充满感激的向日葵。

1993 年 6 月

附录

一个凝练而深隽的世界

——杨锦散文诗简论

高涧平　于奎潮

当杨锦以成熟的智慧、隽永的情感、清丽的笔调、坚实的步履走入了散文诗的艺术殿堂之后，营构了一个小小的艺术世界。这个世界虽然并不宏阔辽远，但深邃、凝练，自成一格。纵观杨锦的散文诗创作，可看出杨锦散文诗创作大致走过了如下的“三部曲”。

1　苦涩的橄榄枝和青春之梦

毫无疑问，对爱情的歌吟、咏叹——爱的执着、爱的失落、爱的追念、爱的升华等，过去是，现在是，以后也仍然是诗人们心灵折射的焦点，杨锦散文诗创作的第一步也无例外地表现了这个人类情感的浓缩点。和他的诗作相比，这一辑作品已经完全丢开了诗人往昔情感追求和诗意表现中对爱情的梦幻般的热烈向往、强烈渴望和火一般热情的赞颂，开始在诗意的凝聚过程中以简练的笔调表现爱情的哲理性思绪，表现爱情的多维心理结构，在生命的惨淡况味中，在生命的大彻大悟中，抒写自己心灵的清音袅袅的晨曲。这一阶段的代表作是《梨、苹果及其含蓄》和《苦涩的橄榄枝》。从诗意的表层看这两首作品都是写爱的失落和升华的。我不知道诗人是否失恋过，想来这是青年人的常事（是否可以说，没有这种情感体验，倒是人生的一种缺憾），但是不管怎样说，杨锦把这种心理写得十分逼真（从所指的角度说），又是十分隽永的（从能指的角度说）。他的作品在情感结构和诗意追求上注重理趣的追求，注重情感的超越和升华，表现一种真诚而宽阔的胸怀，注重人生哲理和人生真谛的发掘，在这些心灵的吟唱中集中体现了诗人的现代意识。

在这些情感的流程里，有浮游的泡沫么？有躁动的涡流么？没有。只有生命苦涩而凝重的体验，只有在苦涩之上悟彻的冷凝的崇高。没有比以一己的获得而感到快乐、感到幸福更为卑微和渺小的了，真正幸福的人生是在情感的巨大煎熬和剧烈搏斗后获得人的庄严感和崇高感，杨锦在语境的创造和情感的洒脱方面是受许地山的作品的濡染的。但他的创作并不以此为唯一圭臬，比如他在创造“永恒的瞬间”时很注重炼字炼句，他在构思时很注重整体的艺术感觉和浑然和谐以及情感流泻的节奏感。这些艺术追求是值得重视的。

2　冬日到海边，寻找别样的风

杨锦散文诗创作的第二个阶段是，走出爱情的“象牙之塔”，全身心地渴望新世纪的海风吹拂自己的头颅，撩拨心灵的窗扉，渴望经受灵与肉的洗礼与陶冶。这是诗人的创作中情感世界的拓宽和情感结构的丰富。

这一阶段作品的主体象征是：“冬日，到海边”，渴望呼啸的“海风吹来”。代表性的作品无疑是《冬日，不要忘了到海边走走》《海风吹来》。

《冬日，不要忘了到海边走走》这首诗表达的独特情感是：请领略、请理解海的另一面吧。没有很独特的意象，没有很奇诡的象征，只是平静地叙述和缓缓流泻，但我们能不领会到作者在平缓的水流下面潜涌着的感情、思绪的波澜么。生活、世界、人生的这一面，往往为人们所熟知，但它的另一面有谁注意呢？诗人并不是要表达那种“世人皆浊吾独清”的孤高和清傲，而是把自己置身于社会、历史的具体环境中，表达自己对现实、对世界的真切感受。

《海风吹来》这首散文诗可以看作是《冬日》的姊妹篇，它是《冬日》诗意的延伸和扩张，但是情感的流水由平缓的流泻走向激越的奔涌。诗作渴望腥咸鼓荡的海之飓风“悠长地吹来”，荡涤一切，冲刷一切，让我们“孩子般忘情地欢快轻飏……”，诗人的激情在此沸腾到了顶点，我们深深感受到了一颗蓬勃跃动、激荡不已的青春之心、赤子之心的“旋转”和“律动”。诗人在这里表达了渴望以全身心拥抱新的生活、新的世界的愿望，表现了否定过去，急切地拥抱未来、拥抱新的生命的崭新人生理想。诗意的强烈时代色彩是毋庸置疑的，重要的是诗作所创造的这个独特的、开放的诗美空间可以吸摄、包容这个时代人们勃动的情感之流，蕴纳人们喷薄的情感之火，从而产生审美的共鸣和诗美空间的“共享”。这个特点可以看作是杨锦散文诗创作第二阶段的主要审美特征。

我们感到这阶段作品的诗意是狂涌、奔放的，诗人的感情是独特而澎湃的，但是在艺术表现上作者作了冷凝的处理，他似乎是在强烈地遏制自己，使感情之潮奔泻得舒缓一些，从容一些。这在审美效果上产生了“蓄势”的功效，使得作品在风格上显出充实而凝练的特点，这种艺术追求是成功的。

从个人人生体验、生活况味的细细品尝并升华出美和崇高的艺术格局中走出，走向全身心地、毫无留恋地追寻人生和世界的新的意义，这是杨锦作品诗意焦点的转变，也是作者个人情感的转变，这种诗意和情感的扩张，是杨锦散文诗创作走过的第二步。

3　超越此岸：没有这个局项

杨锦的散文诗创作道路上走过了从心灵的小夜曲——时代的奏鸣曲这两段历程之后，开始回归：重新回到个人的心灵体验，甚至是神秘体验，然后由此外化出世界的深奥本质，把诗意的箭头指向人与世界（包含自然、社会、历史三个方面）带有某种神秘性、深邃性的本质联系。在这里，回归仅仅是审美点的问题，并非是简单的重复，对杨锦在这阶段所取得的艺术成绩，我们可以毫不犹豫地说是目前三级跳远中最后有力的一跃。

《去一座城市找一位朋友》《没有这个局项》《三月某日的黄昏》《想起一次长途旅行》等作品都写得相当含蓄、相当抽象，但是，我们又不能不说在这种浓缩和冷凝之中包含了最为丰富的人与世界关系的真谛。

孤立地看本阶段创作中的一些篇章，可以认为，诗意淡化，意象平常，表现对象都带有某种不确定性，或者说还有情绪幽怨，时时涌起莫名其妙的惆怅感、孤独感、人生惨淡感，等等。然而，是不是杨锦真的回到了自己“心造”的狭窄世界，在那里构筑起了一座涂满忧郁和惆怅标记的窝垒呢？我们想不是这样的。我们可以改变一下思维的习惯，从杨锦散文诗作透视出的一个深层意向，即人与世界的联系这个人的本质问题上进入杨锦作品创造的艺术空间。我们以为最重要的两首作品是《去一座城市找一位朋友》《没有这个局项》。

《去一座城市找一位朋友》从诗意的外相看，这篇作品仅仅是寻找无着的哀吟，寻找无着，寻找无着，还有什么呢？再请看《没有这个局项》的内涵，还是寻找无着，寻找无着，诗中的一切都是不确定的。“寻找无着”——可以说这是中国现代文学中抒情文体所表现的一个基本母题，一个原型，从刘半农到许地山那里，从戴望舒到徐志摩那里，我们几乎都可以看到这个原型。但是现代抒情文体中“寻找无着”的对象，相对来说是可以确定的：爱情、友谊、温暖或理想等。那么在杨锦这里，到底是什么“无着”呢？什么也不是，恰恰什么又都是。如果我们暂且离开一下杨锦诗作的艺术空间，间隔着一定的距离来感受一下作者的诗情，能不感到这是一位真正男子汉的孤独、寂寞、渴盼的心音么？这两篇作品都是平静地甚至是冷峻地叙述寻找朋友的经过，却隐含了生活、人生、世界的某种神秘性和不可知性，诗作表达的感情是人在复杂的社会面前常常会涌起的怅惘和莫名的哀怨。因此虽然两篇作品的表层语意都是通晓、流畅的，但通篇又都是寓意丰富的隐喻，或者可以说是箴言，给人以无限思索、补充、联想的空间——再造和共享的空间。和前期作品丝毫也不相同的，他是用模糊语言来创造貌似确定实则并不确定的语意环境，表达“寻找无着”的情境，这种情境不一定是真实的，甚至可能是超验的。在这种情境里面，既有诗人的隐隐哀忧、寂寥和渴盼、祈望，又有达观、知天命的情愫。这个超验的情境正是由于表达了这样一种既绝对无望，又难以摆脱、难以割舍的矛盾而又一致的思想情感和复杂思绪，由于析出了这样一种思想的结晶，因此才显出其本身的巨大真实性和艺术价值。它深刻地表达了人与世界的本质联系：人作为受动——能动的存在物，在自然、社会、历史面前常常会涌起迷惘感、惨淡感、苍凉感，因为人在世界面前获得是相对的，失落是绝对的；自由是相对的，约束是绝对的，但人类又并不会心甘情愿、无可奈何地停住前进的脚步，仍然要义无反顾地、自觉地前行，向着人类的终极目标——不断完善的方向前进。因此，这种思想和情感的结晶超越了民族、地域的界限，带有人类的共通性，从而具有极丰富、极庞大的社会容量和历史容量，富有时间的永恒性。

可以说，这是杨锦后期作品对以往人生情感、诗意凝聚点此岸的超越：由确定到不确定，由这是什么到这不是什么，由情感的典型性到情感的共通性，由诗意的凝练到平淡（实则是由一般的凝练到高度的抽象和深隽）的大步超越。这阶段作品不注重意象的描写、再现，并极力淡化其密度，只是通过象征的符号表达情绪，表现生命的体验，个性得到了最充分的泛化。这些作品多数是成功的。这样的艺术追求和处理实际上是很不容易的，个别作品由于人生体验和情绪传达的不独特，诗意的指向就给人以“类化”的感觉，如《想起一次长途旅行》等。这种艺术追求本身实际上就是一个矛盾。既要最独特的个性化，又要最充分的共通性——获得对世界最普遍、最深刻的暗指关系，这确乎是个难题，稍有不慎便会前功尽弃。因而我们不想苛责作者。

概括地说，杨锦的散文诗创作深受现代散文诗人艺术品格的熏陶、濡染，但又不蹈前人之辙，力求开拓出自己的生面；他的作品的诗意由扩张到紧缩，由升腾到泛化，他的诗情由澎湃到冷凝，由奔涌到深隽，他创造的诗美空间由封闭到开放，由自足到共享，等等，这是杨锦散文诗创作短短几年内所经历的变化、行走过的路程和呈现出的总的风貌。从这些变化和追求中，我们可以看到诗人在艺术上的进步和成长，看到他个人情感和智慧的成熟，我们感到他在自己的作品中常常以一种中年人的人生体验和智慧风采向世人叙说着他所感受到的一切令他迷醉、令他冷峻、令他淡漠、令他难舍的东西。因此，完全有理由认为杨锦散文诗创作的前景是宏阔辽远的。我们期待着。

读杨锦的散文诗

温金海

杨锦是在大学时代开始步入散文诗的艺术天地的。当时，他以一个年轻学子特有的虔诚和纯情描摹了他所熟悉的北国风光，记录了稍纵即逝的心灵的火花。1984 年大学毕业后，杨锦分配至《人民公安报》社工作，记者的职业使他的生活层面豁然开朗，不仅能够观赏到北至塞外草原、茫茫荒漠，南至西双版纳、傣家竹楼的斑斓多姿的自然景观，更重要的是，使他接触到了更多的错综复杂、严峻冷酷的社会现实，真善美，假丑恶，以至赤裸裸、血淋淋的凶杀、抢劫……现实深深地震撼了杨锦，也使他更快地走向成熟。这以后，他的散文诗作明显的丰富起来，从出版的散文诗集《苦涩的橄榄枝》《漂泊》中可以看出，他的作品视野开阔了，题材丰富了，思想内涵也逐渐摆脱了往昔的单纯与苍白。

也许这个来自草原的小伙子对于大自然有着格外的偏爱和眷恋，从开始迷上散文诗至现在，诗人总是念念不忘地将他的笔触伸向大自然，创作出了《雪原上的太阳》《草原的路》等篇章。早期，杨锦更多的是单一地歌吟大自然的风姿，让大自然神妙的韵律在他的笔尖下涓涓涌动。到了后期，他不再满足于这种简单的描摹，不再仅仅刻画一个客观的自然，而是力图写出自己眼中、心中的自然，写出他对自然的理解、感悟和认知，写出他在自然面前的心灵的颤动。客观的自然是千篇一律的，唯有每个人心中的自然才是各自不同、充满个性的。这些作品不仅是一幅幅清新、绚丽的风景画，自然的一草一木都融入了诗人浓烈的情感，从而也就充满了灵性。作品的意象也许不再那么确切，但它们的韵味却是那么绵长隽永而复杂多样。喜欢大海的人们，不管以前读过多少有关海的作品，当他读到《冬日，不要忘了到海边走走》时，恐怕都会怦然心动的。事实上，作品带给我们的感慨与联想，又岂止是关于海的呢?

随着视野的拓宽，愈来愈多的人和事成了作者的抒写对象。在他的散文诗作里，我们可以听到大兴安岭茫茫林海中悠扬的伐木声，可以看到身背干粉枪、灭火弹扑向火场的武警战士和黄昏中走向岗哨的哨兵的背影，可以看到老山脚下有如出征时的方队一样的碑林和坑道旁、弹坑间的傲然挺立的鲜红的木棉花，还可以看到从荒原走向绿洲的弄潮儿的风采……不过在我看来，杨锦最为动人心弦、耐人寻味的诗作还是那些感叹爱情和人生况味的篇章。

年轻人更多是从爱情的窗口窥望、感受社会人生的，当他对生活其他领域的理解和思索还谈不上多么深刻的时候，对于爱情，他的品味和感悟却往往可以相当独特。杨锦并不泛泛讲述爱情故事，他更喜欢也更擅长捕捉漫长爱的旅程中的一瞬间，这一瞬间浓缩、凝聚了各种各样千丝万缕、错综复杂的情愫，它不仅仅为作者独有，同时也为众多的读者所经历、所共有，它记录了作者心灵的轨迹，同时也唤醒了读者沉睡的记忆，撩动着读者幽幽的心弦，于是这一瞬间也就折射出了许多光辉，像一滴洒落湖中的水珠，荡漾出绵绵不绝的涟漪。虽是短暂的一瞬，却得以永恒。《梨、苹果及其含蓄》记录的是恋人分手的一瞬，橘黄色的梨象征着一个圆圆的梦，象征着即将成为记忆的一段爱情，分梨的同时也就是分离，二者相互喻比、水乳交融，这一瞬间的意象是如此的凄婉动人而回味无穷。每个人的爱情经历各不相同，但也许某一段爱的乐章、爱的体验、爱的心音却是人所共有，寻找并咏叹这一既充满个性又富于共性的乐章，便是杨锦散文诗之魅力所在。于是，当他拨动琴弦，众多读者的心间便得以发出回响。

如果说早些时候杨锦更多的是沉湎于个人的情感经历，那么在近期的作品中，他似乎已力图超越自我，着力捕捉那些更具普遍性的情感体验。于是这些作品的意象变得朦胧而不确切，作品的意旨也随之变得模糊而充满象征。但正是这种依依稀稀、隐隐约约，使作品张力更大，超越了一般的爱情诗而更具哲理意味。这些作品中最为出色的要算《没有这个局项》。诗作写的是一个冬日的黄昏，"我"持着电话号码到那个城市找"你"："没有地址，没有你的名字/走向你的唯一途径，是你留下的电话号码/我认识你的声音，你的声音就是你的名字，这个城市的名字就是你的名字。/站在灰色的电话亭里，伸出僵硬的手指……/手里是你留下的电话号码，多么渴望这冰冷的电线能导出一片多情的温暖。"结果如何呢？"拨响号码，颤抖的手指牵着这几个沮丧的阿拉伯数字，一次又一次地旋转/旋转之后却是同样的声音：没有这个局项。没有这个局项。/冰凉的话语，是这个城市抽象的面孔，像是来自另一个陌生的星球。"于是茫然的心一片苍白，悲伤地感叹："曾经渴望曾经追寻曾经等待/投进许多情感，换来的却是一个沉默的结局，你留给我的电话号码，或许是几个信手胡乱写来的抽象的数字。"这是爱情诗吗？是在慨叹爱的失落爱的迷惘吗？似是，似不是，也许诗中的"你"、"电话号码"并不仅仅是爱的符号，也许它还象征了社会、人生、人类生存空间的神秘莫测。这的确是一种非常复杂、微妙的情感体验，或许我们每个人都曾有所感，但要确切地说出它是什么不是什么又相当困难，好在这些似乎不必追究得一清二楚，朦胧恰恰是它的引人之处，朦胧本身正是一种美的存在。

无论是《冬日，不要忘了到海边走走》，还是《没有这个局项》，杨锦显然是在着意淡化意象、强化象征，寻求一种哲理的超越与升华。

这几年，散文、诗歌、散文诗几乎都是以阴柔之美为其总体特色，咏花诵月、低吟浅唱，凄婉幽怨、纤丽温柔。从微观上看，我们对任何一位作家作品都无可褒贬，但从宏观而言，如此单一的总体色调终究是一种缺憾，尽管这种缺憾的形成原因复杂多样，人们还是渴望这类文学样式的创作中有更多的恢弘磅礴、雄健壮美的阳刚之气，渴望诗歌、散文、散文诗中有更为博大深远的内涵。杨锦似已意识到这点，他正不断地超越自我，全身心地拥抱、抒写那广阔多彩的社会人生。

心灵的灯盏

——读杨锦的散文诗

柳　梅

杨锦的名字是我们所熟知的。早在1988年，诗人携一首《冬日，不要忘了到海边走走》走进读者的视野，其诗名便随诗歌一起远播，成为读者心中难以忘却的记忆。二十四年来，浩瀚的诗歌长河大浪淘沙，淹没淘汰的诗人与诗作难计其数，而杨锦的这首诗歌，历经时光之流的洗濯冲刷，依然屹立于诗之海岸，且历久弥新，被60后、70后、80后，乃至90后、00后吟咏传诵，成为诗界及读者共同推崇的当之无愧的诗歌经典。

这些年来，只闻诗歌传咏，鲜见诗人诗踪，品读杨锦更多的诗篇，成为读者的愿望和期待。因此，当得悉他的散文诗集即将出版时，我们不禁格外欣喜。其实，诗人从未停止过诗履，即便公务缠身，也未改诗人气质，未泯诗人情怀。在诗集中杨锦写道："不管岁月如何更替，时空怎么转变，我一直守望着文学的梦，为自己的心点亮一盏灯"。

杨锦的诗情如大海一样深沉、草原一样宽旷，博大而又细腻，冷峻而又温柔，悲悯情怀中兼具人生思考和生活哲理。如果说，诗集收录的诗歌是诗人为自己点亮的一排排心灯，那么，诗作所传达出来的真挚、善良与悲悯，就如一束束温暖的关照之光，不仅照亮着他自己的精神领地，也把读者的心灵照亮。

1

也许是因了《冬日，不要忘了到海边走走》这首诗歌广为流传的缘故，一提到杨锦，我们就想起大海，甚至有人称他为“大海诗人”。打开诗集，连读三首关于海的诗作，身心已经临风凭海。

在我早年的阅读里，二十世纪八、九十年代的诗歌大多语调激昂高亢，言说方式宏大外化，其诗歌形象如凌虚高蹈的指挥者。杨锦的诗歌是个例外，他的作品全然没有空泛的说教和呼号，而是从远离现实地面的高台上走下来，以独到的视角、姿态和语境，与你推心置腹：

“不要总是在八月去看海，不要总是在人如潮涌的季节去看海，如果你喜欢海，就该记住，冬天，不要忘了到海边走走。”“不要去嬉笑于沙滩上拥挤的人群背后，去捡取夏日的欢乐与放荡，你要在沙滩上所有的人都散去之后，到海边走走，即使是深夜，即使是晚秋，即使是寒冬。”这样的低语，像一位甘苦与共的朋友与你相对而坐，促膝而谈。“你的心中真的拥有那片蔚蓝的海吗？你接受了海的温柔，就一定要理解海的暴躁；你领略了海的妩媚与坦荡，就不该责备海的愤怒与咆哮。”“沙滩上反扣的小舢板会使你想起什么？你看到海浪在舞蹈吗？那是海孤独的身影。你听到海浪在喧哮吗？那是海寂寞的语言。”不动声色的问答，又似一位历经沧海沉浮的长者，用生活智慧引领你，静观潮涨潮落。“冬天，不管有没有雪，有没有风暴，有没有远航的船，你一定要到海边走走，去看看寂寞的海，像看望久别的朋友或远方不知姓名的恋人，给海一点微小的安慰，不要让冬日的海在孤独中感到忧伤。”缓缓流泻的诗句带有谈话意味，深沉冷静地表达，内敛、平稳、沉着，冷峻中包含温暖，伟岸处充满柔情，是对浮躁喧嚣、冷漠迷茫的世界发出的有力劝导。读之你会沉静下来，反省自我，叩问内心，思辨自己的为人之态、处世之道、情感方式乃至精神走向。

杨锦善于多角度观察，透过表象看实质，以灵敏的触角，发现事物精髓所在：“走出喧嚣与烦躁，是一种安慰。”“江河都往海里流，海却永远不满。海的生命力在于她能以博大的胸襟包容百川。”“夜晚的沙滩上，有人写下了不朽的话语，清晨时却不见踪迹。也许，沙滩上的诺言是难以长久的。”“在一块礁石旁边，从厚厚的沙中挖出一枚长满花纹的彩贝。有时，美的东西总是隐藏着，需要你去发现。”“卵石之所以圆滑，是因为经历了海浪一次次的冲刷；而礁石之所以无畏，是因为面对千变万幻的浪涛，能一如既往，挺身而出。”“山脉延伸进大海，大海又依托着山脉。也许只有相互的依存，才会产生雄伟的奇观。”（《海的语丝》）这些将自我的感悟凝结成的句子，富含哲理，堪比格言警句，给人以智慧的启迪：“夜是在黎明到来之前才悄然而去的，花朵和绿叶上的露珠一定是夜的眼泪。”“月亮感到自满的时候，她便开始亏损。”“柳絮是风的附庸，永远没有自己的主心骨。”“阳光热情过头，便是残酷的虐待。”（《飘曳的思绪》）诗人从惯见的世观景象中觉悟道理，升华感触，恰如艾米莉·狄金森所云：“从平凡的词意中/提炼神奇的思想/从门边寻常落英/提炼精纯的/玫瑰油上品”，扑面而来的思想火花，像一盏盏导航灯悬于读者的心海，为一叶叶生命的扁舟，照亮本真的航线。

2

如果说，杨锦之所以给我们留下深刻印象，最初是因为他对大海独特而深邃的刻画，那么，读过杨锦的诗集之后我们发现，这位内蒙古乌兰察布的儿子对草原的热爱和源自草原的乡愁，已融入血脉，成为取之不尽的缪斯之泉。他以自然流淌的语言，表达对草原的深情缱绻，坚定中有温柔，广袤处见细腻，刚柔并济，分外动人。

他的诗作极富音乐美和韵律感，被众多音乐和朗诵爱好者奉为经典。那些关于草原的诗句，更是给人诗音画完美结合的艺术享受。比如，这首脍炙人口的《草原上的路》，好似一曲深沉辽阔、悠远绵长的蒙古长调，苍凉而又热烈，醇厚而又旷远，读之聆之，有天籁心籁合一的美妙："草原上没有路，草原上到处都是路。/到草原上来吧！到辽阔、遥远、粗犷、荒凉的草原上来！到天苍苍、野茫茫、风吹草低见牛羊的草原上来！/会骑马、会唱歌、会摔跤、会大碗大碗地喝酒吗？要不，就进不了草原的深处啊！/从徐悲鸿《奔马图》中牵出一条疯狂的千里马，去作草原无畏的骑手。用叭叭作响的牧鞭，去套取旋风一样的烈马，把马背化作舞台，以优美而潇洒的姿势去征服草原上冬的肆虐、夏的放荡，用你的气概为坦荡的草原上耸起绵延的山脉……/那么，便会有姑娘为你歌唱，便会有马头琴为你奏响，便有路在你的脚下延伸"（《草原上的路》）。

诗人擅长以诗之短小，营造丰富的意蕴与意境，字数不多，篇幅不长，极具凝练之美。《草原上的路》即使全文引用也不足三百字，却有品不尽的诗情画意。既描绘了风景（草原、牧场、骏马、牛羊、蓝天、白云……），又展现了人情（策马的骑手、喝酒的汉子、摔跤的小伙儿、唱歌的姑娘……），情景交融。草原蓬勃的活力、对故土深深地热爱与眷恋，都精妙地蕴含在美丽的画卷之中。在《不朽的草原》中，仅一句“从苍茫的地平线卷来不尽的马群。风乍起，群马奔腾如潮，浮雕般起伏于草原的深处”，就展现出肃穆浩大之气势，排山倒海的气概，壮美恢宏、辽阔豪放的阳刚之美，令人相当惊艳！

走进杨锦的诗歌世界你会发现，在岁月的流转中，草原情怀渐渐成为作品的底色。这情怀随着别离生，跟着岁月走，草原，不仅是他地理位置上的故乡，更是他人生羁旅上的情感慰藉和精神皈依：

——故乡是亲切而温馨的语言：泥屋“似乎属于贫寒”，“没有高楼大厦的巍峨与豪华”，但“在远去的车上，留给我的越来越远的是天空下那低矮的泥屋”，“泥屋，在我的心里，也是一种亲切而温馨的语言”（《泥屋》）。

——故乡是美丽的音乐和诗行：“漫天飞舞的群蝶/正静静落满城市的肩膀”，“眼里总闪现故乡的雪屋和炊烟……”，“故乡的飘雪呵/是记忆中美丽的音乐和诗行”（《最美的飘雪在故乡》）。

——故乡是避风港：“总是在受伤的时候，才贴紧你的胸膛/总是在痛苦的时候，才走进你的沧桑/总是在无奈的时候，才抚摸你的荒凉/总是在离开之后，才如此怀念你温暖的胸膛”（《故乡在身后》）。

——故乡是生命的力量：“成长的苦难/早已被沙漠深埋在地下/风霜雪雨何所惧/千年不倒/以不屈的身影/向苍穹诉说着/生命的渴望”，“根与根在地下相连/叶与叶在空中簇拥/如影相随/生死不离”（《关于胡杨的记忆片断》）。

诗人挥洒自如、酣畅淋漓地抒写对故乡的深情，把因草原而起的忧思演绎得完美无瑕。当读者掩卷之时，这草原情怀已不仅仅是“天空下那低矮的泥屋”，动人心魄的也不仅仅是“马头琴为你奏响”、

“嘶哑的歌喉吟唱着永恒的流浪曲”，故乡的面貌亦不仅仅是草场、牛羊、骏马、胡杨、格桑……那一抹抹令人叹喟唏嘘的草原之念，已成为“风雪中行走的异乡人”和“无家可归甚至沦落的流浪人”用“卖火柴的小女孩在雪地里划亮一根又一根取暖的火柴”（《想起行路人》）点燃的酥油灯。而杨锦，正是托举这灯盏的人，带着我们穿越幽暗的寒冷地带，由坚硬的物质向柔软的情感过渡，去温暖的精神草场，放牧羁困在内心深处的群羊。

3

杨锦的诗歌视野广阔，情怀博大。读完诗集，发现除给我们留下深刻印象的大海与草原之外，还涉猎了相当广泛的题材。路遇的世态、经历的风景、目睹的人事、感悟的点滴、更替的昼夜，甚至一个空着的座位，都信手入诗。他似乎天生就是个诗人，目及的瞬间、心思的碎片，都被灵敏的诗心转化为语言的传奇。

公安诗作为诗人笔耕的一隅田园，是其诗歌气质不可或缺的构成部分。他以低下头颅，垂下眼睛的姿态，从细微处入手，将大爱情怀细腻地渗入文字，崇高的神圣感和使命感，令人肃然起敬：

“瓦砾下有我的兄弟姐妹，千里之外，我无力把石块从你的身体上搬走”，“我点燃一支蜡烛，为平安祈祷”（《接你回家》）。

杨锦饱蘸情感讴歌的战友，不断告别亲人、告别家园，不断出发：走向哨所，走向火场，走向边防，走向案发地，走向防洪大堤……走向……不管平时你怎样病垢警民关系，只要你读起这些诗句，就会情不自禁地向共和国卫士默默致敬！诗歌所传达的不辱使命的情感，是这个物质、浮躁的时代里奇缺的正能量。这些阳刚坚毅、伟岸大气之作，是当下孱弱、卑琐的诗界奇缺的品种，也是杨锦诗作独有的品质。

杨锦把艺术创作与社会、家国、人类紧紧联系在一起，胸怀博大，对生命、对人性的关切与悲悯，在过分强调个人化写作，鲜少社会担当的中国诗界，弥足珍贵。2008 年 5 月 12 日，当汶川地震灾难袭来，当一些诗人还在左指右责、纸上谈兵时，杨锦却不声不响，和苏历铭一起用短短几天时间，完成了诗集《汶川诗抄》的选编，正式出版发行后又火速捐往灾区，用一个诗人最恰当的方式实施援助。那不是一本单纯的诗集，而是温暖的凝聚和爱的表达，就像捐款、捐物、献血一样，一个是在物质上援助，一个是从精神上抚慰生者、追悼亡灵。其间闪耀出来的人性光辉，为看不到出路的黑暗地带亮起路灯；温暖的光束，给遭遇生命严寒的人们雪中送炭般地关怀，默默地抚慰一颗颗遭受重创的心灵。

聂鲁达说："吟唱诗歌不会劳而无功"。杨锦说："诗的星光，诗的灯火/照耀每一个黄昏"（《独守诗歌》）。感谢诗歌，感谢杨锦！这本散文诗集，既是诗人自己的心灯，也是读者跋涉于精神之旅时，穿越尘世浮华、寻找心灵原乡的内在光源。

后记

故乡的车站

杨 锦

俄罗斯作家巴乌斯托夫斯基曾这样说，对生活，对我们周围一切诗意的理解，是童年时代给我们的伟大。当我走过半个世纪的人生岁月，仍执着于文学的梦，我似乎更深刻地感悟到，读诗、写诗成为一种习惯和生命的本能，以及诗歌传递的精神与美好，是与童年、青年时代密不可分。于是我常常想起故乡的一枝一叶、一草一木和山山水水。

2016 年 1 月的一个寒冷的早上，突然想起家乡集宁南站这个站名，有一种思念悄悄地弥漫，像塞外飘雪的寂寥与空旷……我青年时的许多次远行都是从这里开始……集宁，记忆中这个名字好像和冬天的寒冷连在一起，和我追寻文学的梦连在一起。我常常夜晚坐 89 次列车从北京出发，次日五点二十分到达集宁南站，而父亲总在站台上等候……一出车门就像掉进冰窟，冷得刺骨，窒息的冷……89 次列车是我坐过次数最多的列车，熟悉得就像故乡亲人们的面孔，几十年不变，集宁南站的凌晨五点二十分，仿佛是 89 次列车永远到达的时间。三十多年了，好像都是这个时刻，成为了故乡生活中的一个习惯。

常常怀念凌晨五点二十分到达集宁南站的寒冷！因为它牵着我曾

经的脚步，留下了父亲对我厚重而执着的企盼……后来，父亲因病英年早逝，永远留在了西山的那片墓地，留在那片起伏的山峦中。迄今，他走了那么久了，已二十多年了……后来，我不再从集宁南站下车了，只是经过，只是在梦中随列车呼啸而过；从此，站台上再没有了凌晨五点二十分父亲久久张望的等待。

路遥曾说过，多少美好的东西消失和毁灭了，世界还像什么事也没有发生。是的，生活还在继续，可是生活中的每一个人却在不断地失去自己最珍贵的东西……

多少年过去了，每次途经集宁南站都会感觉，父亲仿佛每次都在凌晨三四点爬起来，骑着自行车在坎坷不平的雪地上一路颠簸着来到车站，五点二十分伫立在站台等待着我。我常常怕自己熟睡中经过，回望中错过了父亲在长长站台上的等待……

在为这本散文诗集写上几句后记的时刻，我的耳畔忽然响起89次列车凌晨五点二十分经过集宁南站时熟悉的汽笛和铿锵的轰鸣声！

背上行囊，就是过客。放下包袱，就找到了故乡。沿着林徽因所表述的方向，我常常希望，能有一次说走就走的旅行，在家乡敕勒川下的群山中，在熟悉而陌生的月台上，寻找一种久违的感动。虽然故乡已渐成他乡，但只有当我们充满无限的思念和向往时，它才纯净如初，它让我心中的文学梦插上了翅膀。也许，无尽的远方，无数的人们都与我有关。

2016年3月6日